U0085529

商用
日語會話

（II）

楊清發

學歷：日本拓殖大學經濟學博士

經歷：南台科技大學國際企業系專任副教授

三民書局

國家圖書館出版品預行編目資料

商用日語會話 / 楊清發編著. －－初版三刷.－－
臺北市: 三民, 2016
面；　公分

ISBN 978－957－14－3011－9　（平裝）

1. 日本語言–會話

803.188　　　　　　　　　　　　　88012582

© 　商用日語會話(II)

著 作 者	楊清發
發 行 人	劉振強
著作財產權人	三民書局股份有限公司
發 行 所	三民書局股份有限公司
	地址　臺北市復興北路386號
	電話　(02)25006600
	郵撥帳號　0009998–5
門 市 部	(復北店)臺北市復興北路386號
	(重南店)臺北市重慶南路一段61號
出版日期	初版一刷　1999年9月
	初版三刷　2016年6月
編 　 號	S 802580

行政院新聞局登記證局版臺業字第○二○○號

有著作權・不准侵害

ISBN　978–957–14–3011–9　　（平裝）

http://www.sanmin.com.tw　三民網路書店

※本書如有缺頁、破損或裝訂錯誤，請寄回本公司更換。

推薦の言葉

　ビジネス日本語のテキストというと、初級からのものは少なく台湾で出版されたものは皆無と言っていいだろう。また、文型の面にしても語彙の面にしても中途半端なテキストが多かったのではないだろうか。

　ここに新しく出た『商用日語会話』は、語彙に特徴がある。ビジネス日本語の語彙面では一般的な日本語とは異なる。そこに焦点をあてたテキストであると言えるだろう。初級の初期の段階からビジネスの語彙を用いたことで早い段階で学習者にビジネス日本語に触れさせることができると著者である楊清發博士がお考えになったからであろう。

　また、ビジネスの知識を含んだコラムが設けられており、これも商業を理解するための一助となろう。

　このテキストを使用し早い段階からビジネス日本語を理解してほしい。

財団法人日本漢字能力検定協会参与
日本語教育研究所研究員
岡本輝彦

給本書讀者的話

「國際化」是八〇年代以來台灣努力的目標,也是台灣經濟永續發展的主要依據,而隨著台灣「國際化」的腳步加快,加強學習外語將益形重要。現在舉國上下正透過各種不同管道以戮力提升國人的外語能力。例如:小學起實施雙語教育、大專院校的推薦甄試入學以外語能力的良否作為錄取的重要依據、企業對於努力學習外語的員工給予獎金鼓勵等,實不勝枚舉。

具備外語能力可提高個人的附加價值,利於求職就業及升遷。當然,透過語言也可以瞭解異國的文化,提升精神層面的內涵,可謂受益無窮。

然而,要學好一種新語言,絕非易事。需要付出相當大的心血,才能有所收獲。筆者認為要學好外語,下列事項是讀者們需牢記,並且確實遵守的:

一、持之以恆

古有明訓:「有恆為成功之本」,此語用於外語之學習亦甚貼切且重要。學習一種新語言,無法持之以恆實為學習的大忌。尤其初學者在基礎尚未紮根時,一旦稍有懈怠或中斷,便會前功盡棄。所以要切記「有恆為成功的一半」,無論遇到任何的學習困難,一定要努力克服,堅持到底,不缺課、不半途而廢。

二、課前預習

對於初學者而言,日文是一門新的學問,每一課、每一單元都會有新內容及許多初學者們所不懂的單字與句型,因此課前的預習非常重要,透過預習有助於學習者掌握新單元的重點,並能於上課時充分瞭解老師所講解及分析的內容。

三、上課專心

老師上課講解能幫助我們很快理解新單字或慣用語的意思、用法及句型的結構,縮短自我摸索、學習的時間,達成事半功倍的學習效果。倘若上課不專心聽講,課後的學習,讀者們勢必要付出更多的代價,因此上課專心聽講亦是不可或缺的學習原則。

四、課後複習

　　經由課前預習及上課的認眞學習，相信學習者已能充分理解學習進度內的內容。但是此階段的學習僅止於「理解」，離靈活應用所學之內容尚有一大段的差距。因此，課後應將課堂上所學的內容加以反覆練習，即一邊聽錄音帶，一邊大聲地唸，直到能朗朗上口，甚至會背誦的程度爲止。一般而言，課後自我複習的時間應設定在比上課時間多出一倍的程度以上。

　　誠如許多英語專家所言：「學英語的秘訣無它，惟『努力』二字而已！」，此番話亦適用於日語的學習，「努力」即爲學好日語的捷徑！希望讀者們能以此爲學習日語的座右銘，並確實地實行，則相信您可很快地學好日語。

　　最後，筆者才疏學淺，疏漏之處在所難免，尚祈各方賢達不吝賜正。

楊清發　謹識

一九九九年八月於南台科技大學

本書的使用方法

一、本書的編排

本書依不同的商務使用場合編寫，共分十課。適用於非主修日文的大專院校各科系學生。精簡的句型加上實用的單字，易學易懂，一學期即可學完全部進度。

二、各單元設計

每課的內容基本上分為：㈠語彙；㈡句型；㈢例句；㈣課文；㈤練習；㈥商務知識。

㈠語彙

每課新的生詞，均在此處加以解釋。每個詞都加附語調、詞類及在課文中的意思等。學習者於課前應先瞭解各生詞的意思，並嘗試將它背起來，俾有益於瞭解全課的內容。

㈡句型

用不含生詞的句型模式將基本句型公式化。學習者要把句型結構掌握好，並且牢記。

㈢例句

透過單句的問答對話方式，使學習者更能熟悉基本句型的結構與用法。

㈣課文

以該課的句型為核心，並設定一商務場合，進行會話交談，以達到活用句型的目的。內容實用，適用於實際場合的對話。學習者必須在把它全部背下來的前提下進行學習。

㈤練習

課文中出現的語法和句型是練習的重點。練習分為A、B兩個單元。練習A採基本的代換練習和變換練習方式，而練習B的內容則較複雜；有指定回答法的

問答練習以及代換和問答混合的練習。透過本單元的口頭練習，學習者將可確實且熟練地運用所學的語彙及句型。

(六)商務知識

本單元泛舉有關日本的人文、社會、經貿、企管等方面的內容，透過本單元的學習，有助於提升實質上商務日語交談內容的深度。

目　録

◀語彙▶

1. ② 起きる　　　　　　（自上）　　　起床。

2. ⓪ 鈴木　　　　　　　（名）　　　　日本人的姓氏。

3. ① 来る　　　　　　　（自カ）　　　來。

4. ⓪ 寝る　　　　　　　（自下）　　　睡覺。

5. ⓪ 勉強　　　　　　　（名・他サ）　讀書，唸書，學習。

6. ⓪ 働く　　　　　　　（自五）　　　工作。

7. ① よく　　　　　　　（副）　　　　常常地，好好地。

8. ③ あまり　　　　　　　　　　　　　「あまり」後接否定的形式，表示不

　　　　　　　　　　　　　　　　　　　太…，不…，不怎麼…。

9. ⓪ 歌う　　　　　　　（他五）　　　唱歌。

10. ⓪ 運動　　　　　　　（名・自サ）　運動。

11. ⓪ 斉藤　　　　　　　（名）　　　　日本人的姓氏。

12. ② 高橋　　　　　　　（名）　　　　日本人的姓氏。

13. ① じゃ　　　　　　　（接）　　　　那麼，「では」的簡化。

14. ⓪ 始まる　　　　　　（自五）　　　開始。

15. 〜 から〜まで　　　　　　　　　　「から」及「まで」在此分別表示時間

　　　　　　　　　　　　　　　　　　　的起點和終點。

16. ① 松野　　　　　　　（名）　　　　日本人的姓氏。

17. ⓪ 残業　　　　　　　（名・自サ）　加班。

18. ① 帰る　　　　　　　（自五）　　　回家。

19. ⓪ 卒業 （名・他サ） 畢業。

20. ⓪ 行く （自五） 去。

21. ③ アルバイト （名・自サ） Arbeit(德)，打工。

22. ② 休む （自他五） 休息，放假。

23. ⓪ 徹夜 （名・自サ） 通宵，熬夜。

24. ⓪ 検討 （名・他サ） 檢討。

25. ⓪ 予約 （名・他サ） 預約。

26. ⓪ 終わる （自五） 結束。

27. ② 飛行機 （名） 飛機。

28. ② 着く （自五） 抵達，到達。

29. ① 授業 （名・自サ） 上課。

30. ⓪ 予習 （名・他サ） 預習。

動詞的基本知識

1.動詞的種類

　動詞依其語尾變化的不同可區分成：(1)五段活用動詞(2)上一段活用動詞

　(3)下一段活用動詞(4)カ行變格活用動詞(5)サ行變格活用動詞。

2.動詞的區別法

(1)五段活用動詞

　①動詞基本形語尾不是「る」者，一定是「五段活用動詞」。例：歌う、聞く、貸す、待つ、読む、運ぶ等。

　②動詞基本形語尾爲「る」者，若「る」的前一音節的發音在「ア段」、「ウ段」、「オ段」音之中，則該動詞亦爲「五段活用動詞」。例：始まる、終わる、売る、作る、通る、乗る等。

(2)上一段活用動詞

　①動詞基本形語尾爲「る」者，若「る」的前一音節的發音在「イ段」音之中，則該動詞爲「上一段活用動詞」。例：起きる、落ちる、似る、見る、借りる等。

　②例外：形態上屬「上一段活用動詞」，但歸類爲「五段活用動詞」。如：要る、入る、参る、切る、握る、限る、知る、走る、交じる、齧る、散る等。

(3)下一段活用動詞

　　①動詞基本形語尾爲「る」者，若「る」的前一音節的發音在「エ段」音之中，則該動詞爲「下一段活用動詞」。例：教える、掛ける、話せる、建てる、寝る、食べる、占める等。

　　②例外：形態上屬「下一段活用動詞」，但歸類爲「五段活用動詞」。如：帰る、蹴る、耽る、茂る、照る、捻る、減る、しゃべる等。

(4)カ行變格活用動詞：僅「来る」一語。

(5)サ行變格活用動詞：僅「する」一語。

文型

1. ＿＿は　年／月／日／曜日／時(に)　動詞ます／ません／ました／ませんでした。

2. ＿＿は　＿＿から　＿＿まで　動詞ます／です。

3. よく　動詞ます。／　あまり　動詞ません。

◀例文▶

1. わたしは6時に起きます。

   A：鈴木さんは何時に来ますか。

   B：9時に来ます。

2. わたしは昨日寝ませんでした。

   A：あなたは昨日勉強しましたか。

   B：いいえ、勉強しませんでした。

3. わたしは9時から5時まで働きます。

   A：あなたは毎日何時から何時まで勉強しますか。

   B：5時から7時まで勉強します。

4. 高橋さんはよく歌います。

5. わたしはあまり運動しません。

本文 1

高 　：斉藤さん、いま何時ですか。

斉藤：8時半です。

高 　：伊藤忠 商事の高橋さんは何時に来ますか。

斉藤：9時に来ます。

高 　：じゃ、まだちょっと時間がありますね。

斉藤：はい。

本文 2

松野：会社は何時に始まりますか。

林　：8時に始まります。

松野：何時までですか。

林　：5時までです。

　　　松野さんの会社は何時から何時までですか。

松野：わたしの会社は9時から6時までです。

林　：よく残業しますか。

松野：はい、よく残業します。林さんは。

林　：いいえ、わたしはあまり残業しません。

◀練習A▶

1.

> 年／月／日／曜日／時(に)　動詞ます／ません／ました／ませんでした。

3時に	帰ります。
来年	卒業します。
4月に	行きます。
日曜日に	来ます。

2.

> 〜　から　〜　まで　動詞ます。

朝		晩		働きます。
夜7時		11時		アルバイトをします。
毎晩8時	から	12時	まで	勉強します。
金曜日		日曜日		休みます。
毎朝6時		7時		運動します。

3.

> よく　動詞ます。／あまり　動詞ません。

よく　　　　徹夜（てつや）します。

よく　　　　検討（けんとう）します。

あまり　　　勉強（べんきょう）しません。

あまり　　　寝（ね）ませんでした。

◀練習B▶

1. 例: わたしは勉強します。(昨日)

　⇒わたしは昨日勉強しました。

(1) わたしは働きます。(おととい)

　⇒＿＿＿＿＿＿＿＿＿＿＿＿＿＿＿＿＿＿＿＿

(2) 林さんは休みます。(先週)

　⇒＿＿＿＿＿＿＿＿＿＿＿＿＿＿＿＿＿＿＿＿

(3) 陳さんは寝ません。(ゆうべ)

　⇒＿＿＿＿＿＿＿＿＿＿＿＿＿＿＿＿＿＿＿＿

(4) 会議は始まります。(5時)

　⇒＿＿＿＿＿＿＿＿＿＿＿＿＿＿＿＿＿＿＿＿

(5) わたしは勉強しません。(昨日)

　⇒＿＿＿＿＿＿＿＿＿＿＿＿＿＿＿＿＿＿＿＿

2. 例: あなたは毎日勉強しますか。(はい)

　⇒はい、毎日勉強します。

(1) あなたは毎日働きますか。(いいえ)

　⇒＿＿＿＿＿＿＿＿＿＿＿＿＿＿＿＿＿＿＿＿

(2) あなたは毎朝運動しますか。(はい)

　⇒＿＿＿＿＿＿＿＿＿＿＿＿＿＿＿＿＿＿＿＿

(3) あなたは予約しましたか。(はい)

　⇒＿＿＿＿＿＿＿＿＿＿＿＿＿＿＿＿＿＿＿＿

(4) あなたは徹夜しますか。（いいえ）

　　⇒ _____

(5) あなたは毎日残業しますか。（いいえ）

　　⇒ _____

3. 例: 何時に起きますか。（6時）

　　⇒6時に起きます。

(1) 会社は何時に始まりますか。（9時）

　　⇒ _____

(2) あなたは毎晩何時に寝ますか。（ 11 時）

　　⇒ _____

(3) 会議は何時に終わりますか。（3時）

　　⇒ _____

(4) 飛行機は何時に着きますか。（午後4時）

　　⇒ _____

(5) 授業は何時に始まりますか。（5時20分）

　　⇒ _____

4. 例: 何時から何時まで働きますか。（午前9時～午後5時）

　　⇒午前9時から午後5時まで働きます。

(1) 何時から何時まで寝ますか。（夜12時～朝7時）

　　⇒ _____

(2) 何時から何時まで休みますか。（１２時10分〜１時半）

⇒ ＿＿＿＿＿＿＿＿＿＿＿＿＿＿＿＿＿＿＿＿＿＿＿＿

(3) 何時から何時まで勉強しますか。（７時〜１１時）

⇒ ＿＿＿＿＿＿＿＿＿＿＿＿＿＿＿＿＿＿＿＿＿＿＿＿

(4) 何曜日から何曜日まで働きますか。（月曜日〜金曜日）

⇒ ＿＿＿＿＿＿＿＿＿＿＿＿＿＿＿＿＿＿＿＿＿＿＿＿

(5) 何月から何月まで勉強しますか。（９月〜１２月）

⇒ ＿＿＿＿＿＿＿＿＿＿＿＿＿＿＿＿＿＿＿＿＿＿＿＿

5. 例: よく書きますか。

⇒はい、よく書きます。

⇒いいえ、あまり書きません。

(1) よく休みますか。

⇒はい、＿＿＿＿＿＿＿＿＿＿＿＿＿＿＿＿＿＿＿＿

⇒いいえ、あまり＿＿＿＿＿＿＿＿＿＿＿＿＿＿＿＿

(2) よく寝ましたか。

⇒はい、＿＿＿＿＿＿＿＿＿＿＿＿＿＿＿＿＿＿＿＿

⇒いいえ、あまり＿＿＿＿＿＿＿＿＿＿＿＿＿＿＿＿

(3)よく勉強しますか。

⇒はい、＿＿＿＿＿＿＿＿＿＿＿＿＿＿＿＿＿＿＿＿

⇒いいえ、あまり＿＿＿＿＿＿＿＿＿＿＿＿＿＿＿＿

(4) よく運動_{うんどう}しますか。

⇒はい、＿＿＿＿＿＿＿＿＿＿＿＿＿＿＿＿＿＿＿＿＿

⇒いいえ、あまり＿＿＿＿＿＿＿＿＿＿＿＿＿＿＿＿＿

(5) よく予習_{よしゅう}しましたか。

⇒はい、＿＿＿＿＿＿＿＿＿＿＿＿＿＿＿＿＿＿＿＿＿

⇒いいえ、あまり＿＿＿＿＿＿＿＿＿＿＿＿＿＿＿＿＿

◀商務知識▶

> ### 介紹雙方的正確方法
>
> ①順序方面，先將輩份、地位低的人，介紹給輩份、地位高的人。
>
> ②先介紹自己公司的人給客戶，即使是自己公司的董事長，也要尊敬客戶。
>
> ③如果地位和年齡都差不多時，要先介紹親近的人。
>
> ④如果是男性和女性時，先介紹男性給女性認識。
>
> ⑤介紹自己公司的職員（上司）時，不必使用敬語，稱呼名字就可以了，手心朝上地介紹：「這位是我們的課長○○。」
>
> ⑥介紹時簡潔介紹頭銜和經歷即可；被介紹的人要再次報上自己的姓名、頭銜。
>
> ⑦隨同上司拜訪客戶時，通常，除非經由上司介紹，否則就不必遞名片。

第二課 台北へ行きました

◀語彙▶

1.	へ	(助)	當作助詞使用時，讀音爲「e」，表示動作的方向。
2.	② 高雄	(名)	高雄(地名)。
3.	⓪ 電車	(名)	電車。
4.	で	(助)	在此表示方法、手段。
5.	⑤ 台南支社	(名)	台南分公司。
6.	⑤ 打合せる	(他下)	商量，磋商。
7.	⓪ 車	(名)	車子。
8.	⓪ 小川	(名)	日本人的姓氏。
9.	に	(助)	表示動作作用的到達點。
10.	⑤ 山陽商事	(名)	山陽商事(公司名稱)。
11.	⑤ 建徳工業	(名)	建徳工業(公司名稱)。
12.	⓪ あいにく	(副)	不巧。
13.	③ 戻る	(自五)	回來。
14.	⓪ 正月	(名)	新年。
15.	⓪ 今のところ	(連語)	目前。
16.	⓪ 予定	(名)	預定。
17.	① 花蓮	(名)	花蓮(地名)。
18.	⓪ 連絡	(名・自他サ)	聯絡，聯繫。
19.	① 清水	(名)	日本人的姓氏。

20. ⓪ 台中　　　　　（名）　　　　台中(地名)。

21. ① 手段　　　　　（名）　　　　手段，辦法。

22. ① バイク　　　　（名）　　　　摩托車。モーターバイク的簡寫。

23. ② 自転車　　　　（名）　　　　自行車。

24. ① 上司　　　　　（名）　　　　上司。

25. ① 会う　　　　　（自五）　　　會面，見面。

26. ⓪ さきほど　　　（副）　　　　剛才。

27. ② 話す　　　　　（他五）　　　說。

28. ⓪ 相談　　　　　（名・自他サ）　商量。

文型

1. ＿＿＿は　場所〔ば しょ〕　へ（に）　行きます〔い〕／来ます〔き〕／帰ります〔かえ〕。

2. ＿＿＿は　交通手段〔こうつうしゅだん〕　で　場所〔ば しょ〕　へ　行きます〔い〕。

3. ＿＿＿は　人〔ひと〕　と　動詞ます。

◀例文▶

1. 部長〔ぶ ちょう〕は今日〔きょう〕本社〔ほんしゃ〕へ行きます〔い〕。

    A：あしたどこへ行〔い〕きますか。

    B：高雄〔たか お〕へ行〔い〕きます。

2. わたしは電車〔でんしゃ〕で台南支社〔たいなん し しゃ〕へ行きます〔い〕。

    A：林〔りん〕さん、毎日〔まいにち〕なんで会社〔かいしゃ〕へ来〔き〕ますか。

    B：車〔くるま〕で来〔き〕ます。

3. 部長〔ぶ ちょう〕は昨日〔きのう〕林〔りん〕さんと支店〔し てん〕へ行きました〔い〕。

    A：先週誰〔せんしゅうだれ〕と台北〔たいぺい〕へ行〔い〕きましたか。

    B：友達〔ともだち〕と行〔い〕きました。

    A：誰〔だれ〕と打合せ〔うちあわ〕ますか。

    B：陳〔ちん〕さんと打合せ〔うちあわ〕ます。

4. A：昨日どこへ行きましたか。

　　B：どこ(へ)も行きませんでした。

5. 鈴木さんは来週台湾に来ます。

　　A：小川さんはいつ日本へ帰りますか。

　　B：明日帰ります。

本文 1

秘書：もしもし、山陽商事です。

陳　：もしもし、こちらは建徳工業の陳です。

　　　すみませんが、鈴木課長、お願いします。

秘書：あいにく、課長は月曜日に日本の本社へ帰りました。

陳　：いつ台湾に戻りますか。

秘書：来週の月曜日に戻ります。

陳　：そうですか。それでは、また電話します。

本文 2

岡本：もしもし、岡本です。

王　：もしもし、王です。岡本さん、お正月どこへ行きますか。

岡本：ええと、今の所、まだ予定はありません。王さんは？

王　：陳さんと車で花蓮へ行きます。一緒にどうですか。

岡本：そうですね。いつ帰りますか。

王　：三日に帰ります。

岡本：そうですか。では、わたしも行きます。

王　：よかったです。

　　　それでは、その前にまた連絡します。

岡本：では、お願いします。

◀練習A▶

1.

場所へ	行きます。	行きません。	行きました。	行きませんでした。
	来ます。	来ません。	来ました。	来ませんでした。
	帰ります。	帰りません。	帰りました。	帰りませんでした。

わたし		あした	台中		行きます。
田中さん	は	昨日	学校	へ	来ませんでした。
清水さん		4月に	日本		帰ります。

2.

交通手段で	場所へ	行きます。
		来ます。
		帰ります。

電車		高雄		行きます。
バス		家		帰りました。
車	で	会社	へ	来ました。
バイク		学校		行きます。
自転車		スーパー		行きました。

3.

> <u>人</u>　と　<u>動詞</u>ます。

2時に	清水さん		会います。
さきほど	高橋さん	と	話しました。
あした	上司		相談します。

◀練習B▶

1. 例：明日どこへ行きますか。（台中）

⇒台中へ行きます。

(1) 陳さんは今日どこへ行きますか。（支社）

⇒ _____

(2) 昨日どこへ行きましたか。（銀行）

⇒ _____

(3) 課長は明日どこへ行きますか。（本社）

⇒ _____

(4) 部長は今晩どこへ行きますか。（台北）

⇒ _____

(5) 林さんは１１時にどこへ行きますか。（会議室）

⇒ _____

2. 例：私・今日・本社

⇒わたしは今日本社へ行きます。

(1) わたし・毎晩・７時・家

⇒ _____

(2) 社長・明日・10時・本社

⇒ _____

(3) 部長・昨日・9時半・会社

⇒ _____

(4) 課長・毎朝・9時半・会社

⇒ _____

(5) 係長・おととい・高雄支社

⇒ _____

3. 例：毎日なんで会社へ来ますか。（車）

⇒車で来ます。

(1) 課長はなんで台中支社へ行きますか。（電車）

⇒ _____

(2) 部長はなんで台北へ行きますか。（飛行機）

⇒ _____

(3) 係長はなんで家へ帰りますか。（タクシー）

⇒ _____

(4) 林さんはなんで会社へ来ますか。（バス）

⇒ _____

(5) 陳さんはなんで銀行へ行きますか。（バイク）

⇒ _____

4. 例：先週誰と高雄へ行きましたか。（友達）

⇒友達と行きました。

(1) 陳さんは毎日誰と会社へ来ますか。（一人で）

⇒ _____

(2) 林さんは明日誰と本社へ行きますか。(部長)

⇨ _____

(3) 岡本さんは誰と日本へ帰りましたか。(課長)

⇨ _____

(4) 誰と家へ帰りますか。(同僚)

⇨ _____

(5) 社長は毎日誰と会社へ来ますか。(秘書)

⇨ _____

5. 例: わたし・明日・行きます・台北

⇨わたしは明日台北へ行きます。

(1) 係長・帰ります・今日・タクシー・家

⇨ _____

(2) 専務・来ました・昨日・課長・支社

⇨ _____

(3) わたし・今日・行きます・10時・銀行

⇨ _____

(4) わたし・おととい・行きました・友達・台中

⇨ _____

(5) 陳さん・今日・1時半・郵便局・行きます・同僚

⇨ _____

◀商務知識▶

正確的遞交名片方法

①名片乃代表自己與公司，是與初次見面的人相互介紹時不可或缺的必需品。請準備專用皮夾，勿和錢包放在一起。

②名片應當多準備一些，並且事先整理，將與他人交換所得的名片區分清楚。

③交換名片時，隨口報上「わたしは○○会社の××です（我是○○公司的××）」，一邊輕微點頭致敬，一邊以右手遞出（以拇指將名片押在剩餘四隻手指上），若以雙手則更顯誠意。

④原則上應由輩份低的人先遞給輩份高的人，但是對於客戶則自己應先遞出。記得字體朝向對方，俾利於對方辨認。

⑤名片夾須放在西裝的內袋或襯衫口袋，不可放在褲子的背後口袋裏，如此會引起對方反感。

◀語彙▶

1. ① 書^かく 　　　　（他五）　　　寫，寫作。

2. ⓪ 吸^すう 　　　　（他五）　　　吸，吸煙。

3. ① 見^みる 　　　　（他上）　　　看。

4. ⓪ 自分^{じぶん} 　　　　（名）　　　　自己。

5. ② スプーン 　　　　（名）　　　　spoon，湯匙。

6. ① 切^きる 　　　　（他五）　　　切，割，剪。

7. ⓪ 一日中^{いちにちじゅう} 　　　（名）　　　　整天。

8. ⓪ 親戚^{しんせき} 　　　　（名）　　　　親戚。

9. ① 家内^{かない} 　　　　（名）　　　　妻子，內人。

10. ⓪ 実家^{じっか} 　　　　（名）　　　　娘家。

11. ② 出来^{でき}る 　　　　（自上）　　　完成。

12. ① なんとか 　　　　（副）　　　　設法。

13. ⓪ 郵送^{ゆうそう} 　　　　（名・他サ）　郵寄。

14. ③ しっかり 　　　　（副・自サ）　堅固，牢牢地。

15. ⓪ 包装^{ほうそう} 　　　　（名・他サ）　包裝。

16. ① 読^よむ 　　　　（他五）　　　讀，唸。

17. ⓪ 食事^{しょくじ} 　　　　（名・自サ）　吃飯，進餐。

18. ⓪ する 　　　　（他サ）　　　做。

19. ⓪ 提出^{ていしゅつ} 　　　　（名・他サ）　提出，提交。

20. ⑤ コーヒーショップ 　　　（名）　　　　coffee shop，咖啡廳。

21. 1 飲む （他五） 喝，呑。

22. 0 野菜 （名） 蔬菜。

23. 0 買う （他五） 買。

24. 0 買い物 （名・他サ） 購物，買東西。

25. 1 コピー （名） copy，影印。

26. 2 お握り （名） 飯糰。

27. メモを取ります 　　　 做筆記，做記錄。

28. 3 掃除機 （名） 吸塵器。

29. 0 掃除 （名・他サ） 打掃。

30. 1 意見 （名） 意見。

31. 4 取り交わす （他五） 交換，互換。

32. 0 朝刊 （名） 日報，晨報。

33. 0 結ぶ （他五） 訂立，連結。

34. 1 タクシー （名） taxi，計程車。

35. 0 呼ぶ （他五） 叫。

36. 2 かける （他下） 打(電話)，掛。

37. 0 運転 （名・他サ） 駕駛。

38. 3 スパゲッティ （名） spaghetti，義大利麵。

39. 1 ニュース （名） news，新聞。

40. 3 商品券 （名） 商品券。

41. 0 送る （他五） 送，寄。

42. 0 景品 （名） 贈品。

43. 0 紹介状 （名） 介紹信。

44. ③ 駅前	（名）	車站前面。
45. ⓪ 同僚	（名）	同事。
46. ① 待つ	（他五）	等待。
47. ① ロビー	（名）	lobby，（飯店的）大廳。
48. ⓪ 予算表	（名）	預算表。
49. ⓪ 作成	（名・他サ）	製作。
50. ⓪ 案内状	（名）	請帖。
51. ⓪ 計算	（名・他サ）	計算。
52. ③ 計算機	（名）	計算機。

> ## 文型
>
> 1. ___は ___を 動詞ます。
>
> 2. ___は 場所で （___を） 動詞ます。
>
> 3. ___は 道具で （___を） 動詞ます。
>
> 4. ___は 期間 （___を） 動詞ます。

◀例文▶

1. わたしは手紙を書きます。

A: あなたはたばこを吸いますか。

B: いいえ、吸いません。

A: 今晩何をしますか。

B: 映画を見ます。

2. わたしは毎日自分の部屋で日本語を勉強します。

A: 林さん、どこでその靴を買いましたか。

B: デパートで買いました。

3. 林さんはスプーンでご飯を食べます。

 A：何で紙を切りますか。

 B：はさみで切ります。

4. わたしは毎日6時間寝ます。

 A：毎日何時間働きますか。

 B：8時間ぐらい働きます。

本文 1

呉 ：おはようございます。

志村：おはようございます。

呉 ：お正月どこかへ行きましたか。

志村：いいえ、どこへもいきませんでした。
一日中家で小説を読みました。呉さんは？

呉 ：わたしは台北へ行きました。

志村：何日間いましたか。

呉 ：三日間いました。

志村：いいですね。台北に親戚がいますか。

呉 ：ええ。家内の実家は台北です。

志村：そうですか。

本文 2

秘書: もしもし、建徳工業です。

高橋: もしもし、こちらは東洋貿易会社の高橋です。

　　　黄社長、お願いします。

秘書: 少々お待ちください。

× × × × × × × × × × × × × × × × × ×

黄　: もしもし、お電話かわりました。黄です。

高橋: ああ、黄社長、東洋貿易会社の高橋です。

黄　: サンプルの件はどうですか。

高橋: ええと、あしたかあさってできます。

黄　: あしたできますか。

高橋: はい、なんとかします。すぐ郵送します。

黄　: 郵送で大丈夫ですか。

高橋: はい、段ボールでしっかり包装します。

◀練習A▶

1.

> 〜 を 動詞ます／ません／ました／ませんでした。

本	読みます。
委託書	書きました。
見積書 を	出します。
食事	しませんでした。
企画書	提出します。

2.

> 場所 で 〜 を 動詞ます。

コーヒーショップ	コーヒー	飲みます。
スーパー	野菜	買います。
デパート で	買い物 を	します。
事務室	コピー	します。
コンビニエンスストア	お握り	買いました。

3.

道具<ruby>道具<rt>どうぐ</rt></ruby> で 〜 を 動詞ます。

ペン		メモ		<ruby>取<rt>と</rt></ruby>ります。
<ruby>日本語<rt>にほんご</rt></ruby>	で	レポート	を	<ruby>書<rt>か</rt></ruby>きます。
<ruby>掃除機<rt>そうじき</rt></ruby>		<ruby>部屋<rt>へや</rt></ruby>		<ruby>掃除<rt>そうじ</rt></ruby>します。

4.

<ruby>期間<rt>きかん</rt></ruby>（＿＿を）動詞ます。

<ruby>毎日30分<rt>まいにちさんじっぷん</rt></ruby>ぐらい		<ruby>運動<rt>うんどう</rt></ruby>します。
<ruby>毎日3時間<rt>まいにちさんじかん</rt></ruby>		アルバイトします。
<ruby>毎日2時間<rt>まいにちにじかん</rt></ruby>ぐらい	<ruby>日本語<rt>にほんご</rt></ruby>を	<ruby>勉強<rt>べんきょう</rt></ruby>します。

◀練習B▶

1. 例：手紙・書く ⇨ 手紙を書きます。

　(1) 意見・取り交わす ⇨

　(2) たばこ・吸う ⇨

　(3) 朝刊・読む ⇨

　(4) 見本・送る ⇨

　(5) 部品・買う ⇨

　(6) 契約・結ぶ ⇨

　(7) タクシー・呼ぶ ⇨

　(8) 電話・かける ⇨

　(9) 自動車・運転する ⇨

　⑽ 仕事・する ⇨

2. 例：あなたはたばこを吸いますか。（いいえ）

　　⇨いいえ、吸いません。

　(1) 部長はお酒を飲みますか。（はい）

　　⇨＿＿＿＿＿＿＿＿＿＿＿＿＿＿＿＿＿＿＿＿

　(2) 林さんはスパゲッティを食べますか。（いいえ）

　　⇨＿＿＿＿＿＿＿＿＿＿＿＿＿＿＿＿＿＿＿＿

　(3) 今朝新聞を読みましたか。（はい）

　　⇨＿＿＿＿＿＿＿＿＿＿＿＿＿＿＿＿＿＿＿＿

　(4) 昨日ニュースを見ましたか。（いいえ）

⇒ _____

(5) 課長は車を運転しますか。（いいえ）

⇒ _____

3. 例：あなたは何を食べますか。（パン）

⇒パンを食べます。

(1) 何を飲みますか。（ビール）

⇒ _____

(2) 何を買いましたか。（新しいかばん）

⇒ _____

(3) 何を送りますか。（商品券）

⇒ _____

(4) 何を作りますか。（景品）

⇒ _____

(5) 部長は何を書きますか。（紹介状）

⇒ _____

4. 例：何をしますか。（映画）

⇒映画を見ます。

(1) 何をしますか。（晩ご飯）

⇒ _____

(2) 日曜日に何をしますか。（テニス）

⇒ _____

(3) 今晩何をしますか。(テレビ)

⇒ _____

(4) 課長は日曜日に何をしますか。(旅行)

⇒ _____

(5) これから何をしますか。(手紙)

⇒ _____

5. 例: あなたはどこでその靴を買いましたか。(駅前の店)

　　⇒駅前の店で買いました。

(1) どこで映画を見ますか。(駅前)

⇒ _____

(2) どこで食事をしますか。(レストラン)

⇒ _____

(3) どこで林さんと会いますか。(デパート)

⇒ _____

(4) どこでコーヒーを飲みますか。(喫茶店)

⇒ _____

(5) どこで同僚を待ちますか。(ホテルのロビー)

⇒ _____

6. 例: 何で紙を切りますか。(はさみ)

　　⇒はさみで紙を切ります。

(1) 何で手紙を書きますか。(ボールペン)

⇒ _____

(2) 何で予算表を作成しますか。（コンピューター）

⇒ _____

(3) 何で案内状を作成しますか。（ワープロ）

⇒ _____

(4) 何で計算しますか。（計算機）

⇒ _____

(5) 何で紹介状を書きますか。（万年筆）

⇒ _____

7．例：あなたは毎日何時間働きますか。（8時間）

⇒ 8時間働きます。

(1) あなたは毎日何時間寝ますか。（8時間）

⇒ _____

(2) 台北から台南まで何時間かかりますか。（4時間）

⇒ _____

(3) あなたは毎日どのくらい運動しますか。（30分くらい）

⇒ _____

(4) 田中さんは月に何時間くらい残業しますか。（４８時間くらい）

⇒ _____

(5) 課長はどのくらい日本語を勉強しましたか。（1年くらい）

⇒ _____

◀商務知識▶

遣詞用語的八大用心

「おはようございます（早安）」————————開朗的心

「はい（是）」————————誠懇的心

「すみません（對不起）」————————反省的心

「ありがとうございます（謝謝）」————————感恩的心

「おかげさまで（託您的福）」————————謙虛的心

「わたしがします（我來做）」————————積極的心

「お先に（先走一步）」————————愧疚的心

「お気を付けて（請小心）」————————關懷的心

第四課 プレゼントをあげます

◀語彙▶

1. ⓪ あげる　　　　　　　　　（他下）　　　給。

2. ④ アメリカ人　　　　　　　（名）　　　美國人。

3. ⓪ もらう　　　　　　　　　（他五）　　領受，接受。

4. ① 椎名　　　　　　　　　　（名）　　　日本人的姓氏。

5. ⓪ 切符　　　　　　　　　　（名）　　　票，入場券。

6. ⓪ ピアノ　　　　　　　　　（名）　　　piano，鋼琴。

7. ② プレゼント　　　　　　　（名）　　　present，禮物。

8. ③ 万年筆　　　　　　　　　（名）　　　鋼筆。

9. ⓪ 金　　　　　　　　　　　（名）　　　金錢。

10. ① 出す　　　　　　　　　　（他五）　　提出，拿出。

11. ⓪ 貸す　　　　　　　　　　（他五）　　借出(借給別人)。

12. ⓪ 記念品　　　　　　　　　（名）　　　紀念品。

13. ⓪ 香水　　　　　　　　　　（名）　　　香水。

14. ③ 招待状　　　　　　　　　（名）　　　邀請函。

15. ⑥ ゴールデンウィーク　　　（名）　　　golden week，黃金週（日本四月底至五月初的連續假期）。

16. ① 辞書　　　　　　　　　　（名）　　　辭典。

17. ⓪ 借りる　　　　　　　　　（他下）　　借入(向人借)。

18. ⓪ 教える　　　　　　　　　（他下）　　教。

19. ② 習う　　　　　　　　　　（他五）　　學習。

20. ③ 係長 ^{かかりちょう} (名) 股長。

21. ⓪ 恋人 ^{こいびと} (名) 男女朋友，情人。

22. ① ネクタイ (名) necktie，領帶。

23. ⓪ ハンカチ (名) handkerchief，手帕。

24. ② 食べる ^た (他下) 吃飯。

文型

1. ＿＿は　＿＿に　＿＿を　<u>動詞</u>ます。

2. ＿＿は　＿＿に(から)　＿＿を　<u>動詞</u>ます。

3. もう　<u>動詞</u>ました。

◀例文▶

1. わたしは陳さんに電話をかけました。

　　わたしは林さんに時計をあげました。

　　A：誰に手紙を書きましたか。
　　B：課長に手紙を書きました。

2. わたしはアメリカ人に英語を習いました。

　　わたしは山田部長に(から)かばんをもらいました。

3. A：もう食事をしましたか。

　　B：はい、もうしました。

　　A：もう新聞を読みましたか。

　　B：いいえ、まだです。

本文 1

胡　：椎名さん、金曜日、ひまですか。

椎名：ええ。

胡　：私は部長からコンサートの切符を三枚もらいました。

　　　もう小林さんに二枚あげました。あなたもどうですか。

椎名：何のコンサートですか。

胡　：ピアノのコンサートです。

椎名：ピアノですか。じゃ、お願いします。

本文 2

陸　　：邱さん、木曜日は川口さんの誕生日ですね。

邱　　：そうですね。プレゼントは何がいいですか。

陸　　：万年筆はどうですか。

邱　　：いいですね。じゃ、万年筆をあげましょう。

×　×　×　×　×　×　×　×　×　×　×　×　×　×　×　×　×　×

曽　　：いい万年筆ですね。

川口：これですか。これは誕生日のプレゼントです。陸さんと邱さんにもらいました。

◀練習A▶

1.

～ は ～ に ～ を <u>動詞</u>ます。

わたし 田中さん 林さん	は	部長 お客さん 陳さん	に	報告書 見本 お金	を	出します。 送りました。 貸しました。

2.

～ は ～ に ～ を あげます。

会社 部長 安藤さん	は	お客さん 加藤さん 彼女	に	記念品 お土産 香水	を	あげます。 あげました。 あげました。

3.

> 〜　は　〜　に(から)　〜　を　もらいます。

わたし		友達		電話		
王さん	は	上司	に	プレゼント	を	もらいました。
陳さん		お客さん		招待状		

4.

もう　動詞ましたか。	はい、もう　動詞　ました。
	いいえ、まだです。

Q.

ゴールデンウィーク		もう始まりましたか。
サンプル	は	もう送りましたか。
工事		もう終わりましたか。

A1.

はい、もう始まりました。

はい、もう送りました。

はい、もう終わりました。

A2.

いいえ、まだです。

いいえ、まだです。

いいえ、まだです。

◀練習B▶

1. 例: わたし・陳さん・電話・しました

　　⇨わたしは陳さんに電話をしました。

(1) わたし・先生・辞書・もらいました

　　⇨＿＿＿＿＿＿＿＿＿＿＿＿＿＿＿＿＿

(2) 林さん・日本人・日本語・習います

　　⇨＿＿＿＿＿＿＿＿＿＿＿＿＿＿＿＿＿

(3) わたし・陳さん・ノート・貸しました

　　⇨＿＿＿＿＿＿＿＿＿＿＿＿＿＿＿＿＿

(4) 陳さん・林さん・花・あげました

　　⇨＿＿＿＿＿＿＿＿＿＿＿＿＿＿＿＿＿

(5) わたし・友達・お金・借りました

　　⇨＿＿＿＿＿＿＿＿＿＿＿＿＿＿＿＿＿

(6) 先生・わたしたち・日本語・教えます

　　⇨＿＿＿＿＿＿＿＿＿＿＿＿＿＿＿＿＿

2. 例: 誰に手紙を書きましたか。(課長)

　　⇨課長に手紙を書きました。

(1) 誰に自転車を貸しましたか。(林さん)

　　⇨＿＿＿＿＿＿＿＿＿＿＿＿＿＿＿＿＿

(2) 誰に電話をしましたか。(部長)

⇒ _____

(3) 誰に書類を出しますか。（社長）

⇒ _____

(4) 誰に日本語を教えますか。（陳さん）

⇒ _____

(5) 誰に手紙を書きますか。（支社の課長）

⇒ _____

3. 例：誰にその本をもらいましたか。（陳さん）

⇒陳さんにもらいました。

(1) 誰に辞書を借りましたか。（胡さん）

⇒ _____

(2) 誰に英語を習いましたか。（アメリカ人）

⇒ _____

(3) 誰に映画の切符をもらいましたか。（同僚）

⇒ _____

(4) 誰にお金を借りましたか。（係長）

⇒ _____

(5) 誰にプレゼントをもらいましたか。（林さん）

⇒ _____

4. 例：林さんに何をあげましたか。（時計）

⇒時計をあげました。

(1) 誕生日にお父さんに何をあげましたか。(靴)

⇒＿＿＿＿＿＿＿＿＿＿＿＿＿＿＿＿＿＿

(2) 恋人に何をもらいましたか。(プレゼント)

⇒＿＿＿＿＿＿＿＿＿＿＿＿＿＿＿＿＿＿

(3) 部長の奥さんに何をもらいましたか。(ネクタイ)

⇒＿＿＿＿＿＿＿＿＿＿＿＿＿＿＿＿＿＿

(4) 同僚に何をあげましたか。(ハンカチ)

⇒＿＿＿＿＿＿＿＿＿＿＿＿＿＿＿＿＿＿

(5) 課長に何をあげましたか。(万年筆)

⇒＿＿＿＿＿＿＿＿＿＿＿＿＿＿＿＿＿＿

5. 例：陳さんは林さんに時計をあげました。

⇒林さんは陳さんに時計をもらいました。

(1) 部長は林さんにネクタイをあげました。

⇒＿＿＿＿＿＿＿＿＿＿＿＿＿＿＿＿＿＿

(2) 陳さんは課長に万年筆を借りました。

⇒＿＿＿＿＿＿＿＿＿＿＿＿＿＿＿＿＿＿

(3) 李さんは陳さんに中国語を教えました。

⇒＿＿＿＿＿＿＿＿＿＿＿＿＿＿＿＿＿＿

(4) 店員は林さんに景品をあげました。

⇒＿＿＿＿＿＿＿＿＿＿＿＿＿＿＿＿＿＿

(5) 呉さんは同僚にお金を貸しました。

⇒＿＿＿＿＿＿＿＿＿＿＿＿＿＿＿＿＿＿

6. 例: もうごはんを食べましたか。（はい）

　　⇒はい、もう食べました。

(1) もうニュースを見ましたか。（はい）

　　⇒＿＿＿＿＿＿＿＿＿＿＿＿＿＿＿＿＿＿＿＿＿＿＿

(2) もう日本に FAX を送りましたか。（いいえ）

　　⇒＿＿＿＿＿＿＿＿＿＿＿＿＿＿＿＿＿＿＿＿＿＿＿

(3) もう会社に書類を出しましたか。（いいえ）

　　⇒＿＿＿＿＿＿＿＿＿＿＿＿＿＿＿＿＿＿＿＿＿＿＿

(4) もうお客さんに電話をしましたか。（いいえ）

　　⇒＿＿＿＿＿＿＿＿＿＿＿＿＿＿＿＿＿＿＿＿＿＿＿

(5) もうこの書類を読みましたか。（はい）

　　⇒＿＿＿＿＿＿＿＿＿＿＿＿＿＿＿＿＿＿＿＿＿＿＿

◀商務知識▶

┌─ 日本人的稱呼

　　在一般社會中，日本人常以「××さん」稱呼別人，這是最普遍而且禮貌的稱呼，相當於「××先生、小姐、女士」等，而且這種稱呼是不分年齡、性別或婚姻狀況的。它可以表示對對方的尊重，亦適用於親密的朋友之間。

　　然而，在商務場合時，對比自己職位高的人講話時，應稱呼他的職位名稱。例如，當遇到對方公司的部長田中先生時，就應稱他為「田中部長」，而不應稱他為「田中さん」。這既表示你對他地位的重視，也表示對他的尊敬。因此，當你第一次與你的日本客戶見面時就必須特別注意，並記住他的稱謂。

第五課 わかりますか

1. ②	分^わかる	（自五）	明白，理解。
2. ⓪	漢字^{かんじ}	（名）	漢字。
3. ②	少^{すこ}し	（副）	稍為，一點點。
4. ②	果物^{くだもの}	（名）	水果。
5. ②	好^すきだ	（形動）	喜歡。
6. ⓪	酒^{さけ}	（名）	酒。
7. ③	上手^{じょうず}だ	（形動）	很棒。
8. ⓪	水泳^{すいえい}	（名）	游泳。
9. ②	下手^{へた}だ	（形動）	差勁。
10. ①	カメラ	（名）	camera，照相機。
11. ②	ほしい	（形）	想要的，希望得到的。
12. ①	塾^{じゅく}	（名）	私塾，補習班。
13. ⓪	内容^{ないよう}	（名）	內容。
14. ⓪	だいたい(大体)	（副）	大概。
15. ②	すごい	（形）	在此表示非常了不起。
16. ⓪	新型^{しんがた}	（名）	新型。
17. ①	機種^{きしゅ}	（名）	機種。
18. ⓪	ドイツ語^ご	（名）	德語。
19. ⓪	フランス語^ご	（名）	法語。
20. ⓪	人気^{にんき}	（名）	人緣。

21.	⓪ 自信	（名）	自信。
22.	① 意見	（名）	意見。
23.	⓪ 嫌いだ	（形動）	討厭。
24.	① 音楽	（名）	音樂。
25.	① ゴルフ	（名）	golf，高爾夫球。
26.	② スポーツ	（名）	sports，運動。
27.	② 得意だ	（名・形動）	拿手，擅長。
28.	③ 苦手だ	（名・形動）	不拿手，不擅長。
29.	⓪ 撮影	（名・他サ）	攝影，拍照。
30.	① 料理	（名・他サ）	做菜，烹調。
31.	⓪ ファミコン	（名）	family computer的簡化，電視遊樂器。
32.	⑤ 操作マニュアル	（名）	操作手冊。
33.	⑤ インターネット	（名）	internet，網際網路。
34.	⓪ 用事	（名）	事情，工作。
35.	② ステーキ	（名）	steak，牛排。
36.	⑤ 西洋料理	（名）	西餐。
37.	⑤ 台湾料理	（名）	台菜。
38.	① ワイン	（名）	wine，葡萄酒。
39.	③ パイナップル	（名）	pineapple，鳳梨。
40.	⓪ アメリカン	（名）	American，美式咖啡（之略）。

文型

1. ___は　___が　わかります。

2. ___は　___が　あります。

3. ___は　___が　好きです／嫌いです。

4. ___は　___が　上手です／下手です／得意です／苦手です。

5. ___は　___が　ほしいです。

◀例文▶

1. わたしは日本語がわかります。

   A: ジョンさんは漢字がわかりますか。

   B: いいえ、わかりません。

2. 課長は車があります。

   A: あなたはお金がありますか。

   B: はい、少しあります。

3. わたしは果物が好きです。

   A: 部長はお酒が好きですか。

   B: いいえ、あまり好きではありません。

4. 林さんは日本語が上手です。

   A: あなたは水泳が上手ですか。

   B: いいえ、上手ではありません。下手です。

5. わたしは新しいカメラがほしいです。

   A: あなたは何がほしいですか。

   B: 新しいかばんがほしいです。

本文 1

杉本：郭さん、今晩ひまですか。

郭　：いいえ。塾があります。

杉本：何を勉強しますか。

郭　：コンピューターです。

杉本：郭さんはコンピューターが好きですか。

郭　：はい、好きです。

　　　でも、少し難しいです。

杉本：授業の内容がよくわかりますか。

郭　：はい、だいたいわかります。

杉本：すごいですね。

〈本文 2〉

森下：頼さん、コンピューターが上手ですか。

頼　：いいえ、あまり上手ではありません。少しわかります。

森下：頼さんはコンピューターがありますか。

頼　：はい、あります。

森下：わたしはコンピューターがありません。新型のコンピューターがほし
いです。どんな機種がいいですか。

頼　：今は PENTIUM III がいいですよ。

森下：そうですか。じゃ、わたしはそれを買います。

◀練習A▶

1.

～　は　～　が　わかります。

		日本語		
林さん		英語		
鈴木さん	は	中国語	が	わかります。
佐藤さん		ドイツ語		
		フランス語		

2.

～　は　～　が　あります。

		人気		
渡辺さん	は	自信	が	あります。
		意見		

3.

> ～ は ～ が 好きです／嫌いです。

| わたし | は | 音楽
ゴルフ
スポーツ | が | 好きです。

嫌いです。 |

4.

> ～ は ～ が 上手です／下手です／得意です／苦手です。

| 田中さん
家内 | は | 撮影
外国語
ゴルフ
料理 | が | 上手です。
下手です。
得意です。
苦手です。 |

5.

～　は　～　が　ほしいです。

| わたし | は | カメラ
バイク
パソコン
ファミコン
日本語の辞書 | が | ほしいです。 |

◀練習B▶

1. 例: 日本語がわかりますか。（はい）

　　⇒はい、わかります。

　(1) この操作マニュアルがわかりますか。（はい）

　　　⇒ ＿＿＿＿＿＿＿＿＿＿＿＿＿＿＿＿＿＿＿＿＿＿＿

　(2) インターネットの使い方がわかりますか。（いいえ、あまり）

　　　⇒ ＿＿＿＿＿＿＿＿＿＿＿＿＿＿＿＿＿＿＿＿＿＿＿

　(3) この説明書がわかりますか。（はい、少し）

　　　⇒ ＿＿＿＿＿＿＿＿＿＿＿＿＿＿＿＿＿＿＿＿＿＿＿

　(4) このカタログがわかりますか。（はい、よく）

　　　⇒ ＿＿＿＿＿＿＿＿＿＿＿＿＿＿＿＿＿＿＿＿＿＿＿

　(5) 契約の内容がわかりますか。（はい、だいたい）

　　　⇒ ＿＿＿＿＿＿＿＿＿＿＿＿＿＿＿＿＿＿＿＿＿＿＿

2. 例: あなたはお金がありますか。（はい、少し）

　　⇒はい、少しあります。

　(1) あなたはワープロがありますか。（はい）

　　　⇒ ＿＿＿＿＿＿＿＿＿＿＿＿＿＿＿＿＿＿＿＿＿＿＿

　(2) 部長は今晩用事がありますか。（いいえ）

　　　⇒ ＿＿＿＿＿＿＿＿＿＿＿＿＿＿＿＿＿＿＿＿＿＿＿

　(3) 専務は車がありますか。（はい）

　　　⇒ ＿＿＿＿＿＿＿＿＿＿＿＿＿＿＿＿＿＿＿＿＿＿＿

(4) あなたは今日仕事がありますか。（はい）

⇒ _____

(5) 林さんは意見がありますか。（いいえ）

⇒ _____

3. 例：あなたはお酒が好きですか。（いいえ）

⇒　いいえ、好きではありません。

(1) 陳さんはステーキが好きですか。（いいえ、あまり）

⇒ _____

(2) 林さんはお酒が嫌いですか。（はい）

⇒ _____

(3) 社長はゴルフが好きですか。（はい、たいへん）

⇒ _____

(4) 課長は西洋料理が好きですか。（いいえ、あまり）

⇒ _____

(5) あなたはスポーツが好きですか。（いいえ）

⇒ _____

4. 例：あなたはどんな果物が好きですか。（リンゴ）

⇒リンゴが好きです。

(1) どんな料理が好きですか。（台湾料理）

⇒ _____

(2) 専務はどんな飲み物が好きですか。（ワイン）

⇒ _____

(3) 社長はどんなスポーツが好きですか。（ゴルフ）

⇒ _____

(4) どんな果物が好きですか。（パイナップル）

⇒ _____

(5) 部長はどんなコーヒーが好きですか。（アメリカン）

⇒ _____

5. 例： あなたはテニスが上手ですか。（いいえ）

⇒いいえ、上手ではありません。

(1) 課長は英語が上手ですか。（はい、たいへん）

⇒ _____

(2) あなたはコンピューターが得意ですか。（いいえ）

⇒ _____

(3) あなたはゴルフが上手ですか。（いいえ）

⇒ _____

(4) 陳さんは日本語が上手ですか。（いいえ、あまり）

⇒ _____

(5) 部長の奥さんは料理が上手ですか。（はい、とても）

⇒ _____

6. 例：あなたは何がほしいですか。（新しいかばん）

⇒ 新しいかばんがほしいです。

(1) 何がほしいですか。（カメラ）

⇒ _____

(2) どんな靴がほしいですか。（軽い）

⇒ _____

(3) 何がほしいですか。（時計）

⇒ _____

(4) どんな車がほしいですか。（少し大きい）

⇒ _____

(5) 何がほしいですか。（コンピューター）

⇒ _____

◀商務知識▶

拜訪客戶的禮節

①拜訪客戶時，未經引導之前切勿隨意坐在上座，應該選擇靠近入口處的
座位坐下。

②坐下時切忌將全身埋入座椅（輕靠即可）。張開腿或蹺腳皆不適宜。

③當對方出現時，應立即起身迎接。

④對方提出請坐上位的邀請時，道謝之後坦然接受。

⑤等到對方示意請坐時方可就位。

⑥不要抖腳，或把雙手盤在桌上、環抱胸前等。

⑦抽煙時，注意不要將煙噴到對方臉上。

⑧有上司同行時，自己應當負責控制全場談話氣氛的融洽。切忌將上司冷
落一旁，只顧拉攏客戶。

◀語彙▶

1. ① より	(助)	比（AはBより～です。表示 A 比 B～）。	
2. ⓪ ほど	(助)	程度（AはBほど～くないです／ではありません。表示A不如B）。	
3. ② 肉 にく	(名)	肉。	
4. ⓪ 魚 さかな	(名)	魚。	
5. ⓪ 夕食 ゆうしょく	(名)	晩餐。	
6. ③ 任せる まか	(他下)	任憑，委託。	
7. ② ときどき	(副)	時常。	
8. に	(助)	動詞第二變化＋に＋表移動的動詞，此種句型裡的「に」，表示目的。	
9. ⓪ 付き合い つ あ	(名)	交往，交際。	
10. ① 程度 ていど	(名)	程度。	
11. ③ 紹興酒 しょうこうしゅ	(名)	紹興酒。	
12. ⓪ 名勝 めいしょう	(名)	名勝。	
13. ① 森田 もりた	(名)	日本人的姓氏。	
14. ③ 涼しい すず	(形)	涼快的，涼爽的。	
15. ⑤ 特急電車 とっきゅうでんしゃ	(名)	特快車。	
16. ⑤ 経済規模 けいざいきぼ	(名)	經濟規模。	
17. ① クラス	(名)	class，班級。	

文型

1. ___は ___より ___です。

2. ___は ___ほど ___くないです。／ではありません。

3. ___と、___と、どちら(のほう)が ___ですか。
   ___のほうが ___です。

4. ___(のなか)で ___が 一番(いちばん) ___ですか。
   ___が 一番(いちばん) ___です。

◀例文▶

1. 台湾(たいわん)は日本(にほん)より暑(あつ)いです。

2. 台湾(たいわん)の冬(ふゆ)は日本(にほん)ほど寒(さむ)くないです。

3. A: 肉(にく)と、魚(さかな)と、どちらが好(す)きですか。
   B: 肉(にく)のほうが好(す)きです。

4. 果物(くだもの)(のなか)でバナナが一番(いちばん)おいしいです。

   A: スポーツ(のなか)でなにが一番(いちばんす)好きですか。
   B: テニスが一番(いちばんす)好きです。

A: 日本の季節(のなか)でいつが一番いいですか。

B: 春が一番いいです。桜の花がきれいですから。

◀商務知識▶

日本公司的職稱

漢　字	日　文　讀　音	中　文　意　思
会長	かいちょう	董事長
社長	しゃちょう	總裁・總經理・董事長
副社長	ふくしゃちょう	副總裁・副總經理
専務取締役	せんむとりしまりやく	執行董事
常務取締役	じょうむとりしまりやく	常務董事
取締役	とりしまりやく	董事
部長	ぶちょう	經理
次長	じちょう	副理
課長	かちょう	課長
係長／主任	かかりちょう／しゅにん	股長／主任
部員／課員／係員	ぶいん／かいん／かかりいん	職員／科員／工作人員

本文 1

李 ：中村さん、夕食はどうしますか。

中村：お任せします。

李 ：ええと、中華料理と西洋料理とどちらが好きですか。

中村：中華料理のほうが好きです。

　　　李さんは。

李 ：わたしも西洋料理より中華のほうが好きです。

本文 2

李　　：中村さんはよく飲みますか。

中村：会社の帰りにときどき同僚と飲みに行きます。

　　　　李さんは。

李　　：わたしはあまり飲みません。付き合い程度です。

　　　　ところで、中村さんは台湾のお酒のなかで何が一番好きですか。

中村：紹興酒が一番好きです。

李　　：ビールはどうですか。

中村：ビールは紹興酒ほど好きではありません。

◀練習A▶

1.

| ～ は ～ より ～ です。 |

日本語 （にほんご）		英語 （えいご）		難しいです。 （むずか）
台北 （たいほく）	は	台南 （たいなん）	より	賑やかです。 （にぎ）
台北の物価 （たいほく）（ぶっか）		台南の物価 （たいなん）（ぶっか）		高いです。 （たか）

2.

| ～ は ～ ほど ～ くないです／ではありません。 |

英語 （えいご）		日本語 （にほんご）		難しくないです。 （むずか）
台南 （たいなん）	は	台北 （たいほく）	ほど	賑やかではありません。 （にぎ）
台南の物価 （たいなん）（ぶっか）		台北の物価 （たいほく）（ぶっか）		高くないです。 （たか）

3.

～　と　～　と、どちら(のほう)が　～　ですか。
～　のほうが　～　です。

Q.

日本製（にほんせい）		アメリカ製（せい）			いいですか。
赤ワイン（あか）	と	白ワイン（しろ）	と、	どちら(のほう)が	好きですか。（す）
電車（でんしゃ）		バス			速いですか。（はや）

A.

日本製（にほんせい）		いいです。
赤ワイン（あか）	のほうが	好きです。（す）
電車（でんしゃ）		速いです。（はや）

4.

〜 （のなか)で 〜 が 一番^{いちばん} 〜 ですか。
〜 が 一番^{いちばん} 〜 です。

Q.

外国語^{がいこくご}		何語^{なにご}		いいですか。
日本の名勝^{にほん めいしょう}	（のなか)で	どこ	が一番^{いちばん}	有名ですか。^{ゆうめい}
学校の先生^{がっこう せんせい}		誰^{だれ}		厳しいですか。^{きび}

A.

日本語^{にほんご}		いいです。
箱根^{はこね}	が一番^{いちばん}	有名です。^{ゆうめい}
森田先生^{もりた せんせい}		厳しいです。^{きび}

◀練習B▶

1. 例：台湾・日本・暑い。
　　　⇒台湾は日本より暑いです。

(1) タクシー・バス・べんりだ

　　⇒＿＿＿＿＿＿＿＿＿＿＿＿＿＿＿＿＿＿＿＿＿＿＿

(2) きょう・きのう・涼しい

　　⇒＿＿＿＿＿＿＿＿＿＿＿＿＿＿＿＿＿＿＿＿＿＿＿

(3) 第一会議室・第二会議室・ひろい

　　⇒＿＿＿＿＿＿＿＿＿＿＿＿＿＿＿＿＿＿＿＿＿＿＿

(4) 山田課長・田中課長・わかい

　　⇒＿＿＿＿＿＿＿＿＿＿＿＿＿＿＿＿＿＿＿＿＿＿＿

(5) 東京・大阪・大きい

　　⇒＿＿＿＿＿＿＿＿＿＿＿＿＿＿＿＿＿＿＿＿＿＿＿

2. 例：台南の人口は高雄の人口より多いですか。（いいえ）
　　　⇒いいえ、台南の人口は高雄の人口ほど多くないです。

(1) 今日は昨日より暑いですか。（いいえ）

　　⇒＿＿＿＿＿＿＿＿＿＿＿＿＿＿＿＿＿＿＿＿＿＿＿

(2) 特急電車は新幹線より速いですか。（いいえ）

　　⇒＿＿＿＿＿＿＿＿＿＿＿＿＿＿＿＿＿＿＿＿＿＿＿

(3) 日本の経済規模はアメリカの経済規模より大きいですか。（いいえ）

　　⇒＿＿＿＿＿＿＿＿＿＿＿＿＿＿＿＿＿＿＿＿＿＿＿

(4) 台南は台北より賑やかですか。（いいえ）

⇒ _____

(5) 日本語は英語より上手ですか。（いいえ）

⇒ _____

3. 例：日本・アメリカ・近い（日本）

    ⇒A：日本とアメリカとどちらが近いですか。

      B：日本のほうが近いです。

(1) 電車・バス・べんりだ（バス）

⇒ _____

(2) 台南・高雄・近い（台南）

⇒ _____

(3) 陳さん・林さん・若い（陳さん）

⇒ _____

(4) 今日・昨日・暑い（今日）

⇒ _____

(5) 月曜日・水曜日・忙しい（水曜日）

⇒ _____

4. 例：果物・バナナ・おいしい

    ⇒果物(のなか)でバナナが一番おいしいです。

(1) 事務所・山本さん・若い

⇒ _____

(2) 台湾・都市・台北・大きい

⇒＿＿＿＿＿＿＿＿＿＿＿＿＿＿＿＿＿＿＿＿＿＿＿＿＿＿

(3) 飲み物・紅茶・好きだ

⇒＿＿＿＿＿＿＿＿＿＿＿＿＿＿＿＿＿＿＿＿＿＿＿＿＿＿

(4) 一年・七月・暑い

⇒＿＿＿＿＿＿＿＿＿＿＿＿＿＿＿＿＿＿＿＿＿＿＿＿＿＿

(5) 会社・范さん・日本語・上手だ

⇒＿＿＿＿＿＿＿＿＿＿＿＿＿＿＿＿＿＿＿＿＿＿＿＿＿＿

5. 例: 食べ物・好き（日本料理）

⇒A：食べ物(のなか)でなにが一番好きですか。

B：日本料理が一番好きです。

(1) 授業・嫌いだ（数学）

⇒A：＿＿＿＿＿＿＿＿＿＿＿＿＿＿＿＿＿＿＿＿＿

B：＿＿＿＿＿＿＿＿＿＿＿＿＿＿＿＿＿＿＿＿＿

(2) 一週間・忙しい（水曜日）

⇒A：＿＿＿＿＿＿＿＿＿＿＿＿＿＿＿＿＿＿＿＿＿

B：＿＿＿＿＿＿＿＿＿＿＿＿＿＿＿＿＿＿＿＿＿

(3) 台湾・きれいだ（花蓮）

⇒A：＿＿＿＿＿＿＿＿＿＿＿＿＿＿＿＿＿＿＿＿＿

B：＿＿＿＿＿＿＿＿＿＿＿＿＿＿＿＿＿＿＿＿＿

(4) クラス・優秀だ（陳さん）

⇨A：＿＿＿＿＿＿＿＿＿＿＿＿＿＿＿＿＿＿＿＿＿＿

B：＿＿＿＿＿＿＿＿＿＿＿＿＿＿＿＿＿＿＿＿＿＿

(5) 日本・寒い（2月）

⇨A：＿＿＿＿＿＿＿＿＿＿＿＿＿＿＿＿＿＿＿＿＿＿

B：＿＿＿＿＿＿＿＿＿＿＿＿＿＿＿＿＿＿＿＿＿＿

第七課　東京へ出張に行きます

◀語彙▶

1. ③ 昼ご飯　　　　　　（名）　　　午餐。
   ひる はん
2. ① 原田　　　　　　　（名）　　　日本人的姓氏。
   はら だ
3. ③ 免税店　　　　　　（名）　　　免税店。
   めんぜいてん
4. ① 香港　　　　　　　（名）　　　香港。
   ほんこん
5. ④ 技術移転　　　　　（名）　　　技術移轉。
   ぎ じゅつ い てん
6. ⓪ 交渉　　　　　　　（名・他サ）　交渉。
   こうしょう
7. ① そろそろ　　　　　（副）　　　該…的時候了。
8. ⑥ 搭乗手続き　　　　（名）　　　登機手續。
   とうじょう て つづ
9. ③ 東豊路　　　　　　（名）　　　東豐路。
   とうほう ろ
10. ⓪ これから　　　　　（連語）　　從現在起。
11. ② お昼　　　　　　　（名）　　　午餐。與「昼ご飯」意思相同。
    ひる
12. ③ 展覧会　　　　　　（名）　　　展覽會。
    てんらんかい
13. ⓪ 空港　　　　　　　（名）　　　機場。
    くうこう
14. ⓪ 迎える　　　　　　（他下）　　迎接。
    むか
15. ⓪ 見学　　　　　　　（名・他サ）　參觀。
    けんがく
16. ⓪ 研修　　　　　　　（名・他サ）　研修。
    けんしゅう
17. ⓪ 視察　　　　　　　（名・他サ）　視察。
    し さつ
18. ⓪ 実習　　　　　　　（名・他サ）　實習。
    じっしゅう
19. お金を引き出す　　　　　　　　　　提款。
    かね ひ だ
20. コンピューターを打つ　　　　　　打電腦。
    う

21. ⑤ 墾丁公園 ^{こんていこうえん}　　（名）　　墾丁公園。

22. ⓪ カラオケ　　　　（名）　　卡拉OK。

23. ② ドライブ　　　　（名・他サ）　drive，開車兜風。

◀商務知識▶

| 日本式的談判 |

　　日本企業的談判代表通常只是被授權代表團體表達意見，並不能接受團體意見以外的意見或決議。所以，除非碰巧遇到一位極有影響力的決策人物，或可縮短決策時間，不然，交涉過程會相當耗時，要具有耐心，努力溝通，了解對方真正的想法及底線，並不著痕跡的透露己方的底線，在曖昧的交涉中尋求交集，才能達到事半功倍之效。中國人常用的強渡關山似的強力談判在遭遇日本式談判時往往有不能著力之感，必須審慎。

文型

1. ___は　___へ　___に　行きます／来ます／帰ります。

2. ___は　___へ　___を　___に　行きます／来ます／帰ります。

3. 動詞　たいです。

4. いっしょに　動詞　ませんか。

◀例文▶

1. わたしは昨日台南ホテルへ日本人の友達に会いに行きました。

　わたしはデパートへ買い物に行きます。

　A：原田さんはどこへ行きましたか。
　B：免税店へお土産を買いに行きました。

2. A：何を食べたいですか。
　B：日本料理を食べたいです。

3. A：いっしょに昼ご飯を食べませんか。
　B：ええ、食べましょう。

4. A：暑いです。何か飲みたいですね。
　B：ジュースを飲みませんか。

本文 1

原田（はらだ）：李（り）さん、お久（ひさ）しぶり。

李（り）　：ああ、原田（はらだ）さん、しばらくでした。

　　　　　原田（はらだ）さんはどちらへ行（い）きますか。

原田（はらだ）：香港（ほんこん）です。李（り）さんは。

李（り）　：わたしは東京（とうきょう）へ行（い）きます。

原田（はらだ）：そうですか。東京（とうきょう）へ何（なに）をしに行（い）きますか。

李（り）　：A社（しゃ）へ技術移転（ぎじゅついてん）の交渉（こうしょう）に行（い）きます。

原田（はらだ）：そうですか。

　　　　　ああ、あまり時間（じかん）がありませんから、そろそろ搭乗手続（とうじょうてつづ）きをしましょう。

李（り）　：ええ、近（ちか）いうちにまたゆっくり。

本文 2

清水：暑いですね。

潘　：ええ、何か飲みたいですね。

清水：じゃ、いっしょに冷たいものを飲みに行きませんか。

潘　：どこへ行きますか。

清水：東豊路に新しい喫茶店がありますから、そこへ行きましょう。

潘　：いいですね。そうしましょう。

◀練習A▶

1.

> ～ は ～ へ ～ に 行^いきます／来^きます／帰^{かえ}ります。

わたし	これからデパート	買^かい物^{もの}	行^いきます。
山本^{やまもと}さん は	昨日台湾^{きのう たいわん} へ	出張^{しゅっちょう} に	来^きました。
渡辺^{わたなべ}さん	あした本社^{ほんしゃ}	報告^{ほうこく}	帰^{かえ}ります。

2.

> ～ は ～ へ ～ を ～ に 行^いきます／来^きます／帰^{かえ}ります。

林^{りん}さん	デパート	電気製品^{でん き せいひん}	買^かい	行^いきます。
坂本^{さかもと}さん は	台湾^{たいわん} へ	展示会^{てん じ かい} を	見^み に	来^きました。
田中^{た なか}さん	レストラン	お昼^{ひる}	食^たべ	行^いきました。

3.

動詞　たいです。

		日本	へ	行きたいです。
わたし	は	紅茶	を	飲みたいです。
		パソコン	を	買いたいです。

4.

いっしょに　動詞　ませんか。

	テニス	を	しませんか。
いっしょに	日本	へ	行きませんか。
	展覧会	を	見ませんか。

◀練習B▶

1. 例: 台南ホテル・お客さん・会います・行きます

　　　⇒台南ホテルへお客さんに会いに行きます。

　(1) デパート・お土産・買います・行きます

　　　⇒ _____

　(2) 林さん・日本・日本語・勉強します・行きます

　　　⇒ _____

　(3) 陳さん・台北・友達・会います・行きます

　　　⇒ _____

　(4) 毎日・社員食堂・昼ご飯・食べます・行きます

　　　⇒ _____

　(5) 部長・空港・田中社長・迎えます・行きます

　　　⇒ _____

2. 例: デパート・買い物します・行きます

　　　⇒デパートへ買い物に行きます。

　(1) 課長・工場・見学します・行きます

　　　⇒ _____

　(2) 新入社員・本社・研修します・来ます

　　　⇒ _____

　(3) 社長・台湾・視察します・来ます

　　　⇒ _____

(4) 社員・支社・実習します・行きます

　⇒ _____

(5) わたし・日本・出張します・行きます

　⇒ _____

3. 例: どこへ友達に会いに行きますか。(台南ホテル)

　　⇒台南ホテルへ会いに行きます。

(1) どこへ切手を買いに行きますか。(郵便局)

　⇒ _____

(2) どこへ晩ご飯を食べに行きますか。(台南大飯店)

　⇒ _____

(3) どこへお金を引き出しに行きますか。(銀行)

　⇒ _____

(4) どこへコンピューターを打ちに行きますか。(コンピューター室)

　⇒ _____

(5) どこへ電話をかけに行きますか。(受付)

　⇒ _____

4. 例: 日本料理を食べます／食べません。

　　⇒日本料理を食べたいです／食べたくないです。

(1) コンピューターを勉強します。

　⇒ _____

(2) ビールを飲^のみません。

⇨ _____

(3) 会社^{かいしゃ}を休^{やす}みます。

⇨ _____

(4) どこへも行^いきません。

⇨ _____

(5) デパートで買^かい物^{もの}します。

⇨ _____

5. 例: 何^{なに}を食^たべたいですか。(日本料理^{にほんりょうり})

⇨日本料理^{にほんりょうり}を食^たべたいです。

(1) 何^{なに}を飲^のみたいですか。(コーヒー)

⇨ _____

(2) 日曜日^{にちようび}どこへ行^いきたいですか。(墾丁公園^{こんていこうえん})

⇨ _____

(3) 何^{なに}を買^かいたいですか。(コンピューターの本^{ほん})

⇨ _____

(4) 何^{なに}を勉強^{べんきょう}したいですか。(英語^{えいご})

⇨ _____

(5) 何^{なに}をしたいですか。(何^{なに}も)

⇨ _____

6. 例: いっしょに昼ご飯を食べませんか。

　　　⇒ええ、食べましょう。

(1) いっしょにコーヒーを飲みませんか。

　　⇒_____

(2) いっしょにデパートへ行きませんか。

　　⇒_____

(3) いっしょにカラオケに行きませんか。

　　⇒_____

(4) いっしょに買い物しませんか。

　　⇒_____

(5) いっしょにドライブしませんか。

　　⇒_____

第 八 課　兄は銀行に勤めています

◀語彙▶

1.	⓪ 出張報告書	（名）	出差報告。
2.	③ 勤める	（他下）	工作。「～に勤めています」爲慣用句型。
3.	⓪ 売る	（他五）	賣。
4.	④ 電気製品	（名）	電器製品。
5.	③ 手伝う	（他五）	幫忙。
6.	③ 経済部	（名）	經濟部。
7.	① 今度	（名）	下一次。
8.	⓪ 遊ぶ	（自五）	玩。
9.	⓪ きっと	（副）	一定，必然。
10.	⓪ 伺う	（他五）	拜訪，訪問。「お＋動詞第二變化＋します」爲謙遜的表現。
11.	⓪ イーメール	（名）	E-mail，電子郵件。
12.	① ファックス	（名）	fax，傳眞（通信）。
13.	② 見せる	（他下）	給…看。
14.	⓪ 石川	（名）	日本人的姓氏。
15.	⓪ 領収書	（名）	收據。
16.	① 降る	（自五）	下，降。
17.	① 住む	（自五）	居住。

18. ⓪ <ruby>憧<rt>あこが</rt></ruby>れる　　　（自下）　　　渇望，憧憬。

19. ⓪ <ruby>弾<rt>ひ</rt></ruby>く　　　　　（他五）　　　彈奏。

20. ① <ruby>脱<rt>ぬ</rt></ruby>ぐ　　　　　（他五）　　　脱。

21. ① <ruby>立<rt>た</rt></ruby>つ　　　　　（自五）　　　立，站。

22. ⓪ <ruby>笑<rt>わら</rt></ruby>う　　　　　（自五）　　　笑。

23. ② <ruby>試<rt>ため</rt></ruby>す　　　　　（他五）　　　試驗，嘗試。

24. ① テスト　　　　（名・他サ）　　test，試驗，檢查。

25. ① <ruby>持<rt>も</rt></ruby>つ　　　　　（他五）　　　拿，帶，持有。

26. ① <ruby>住所<rt>じゅうしょ</rt></ruby>　　　　（名）　　　　住址。

27. ⓪ <ruby>知<rt>し</rt></ruby>る　　　　　（他五）　　　知道。

28. ⓪ <ruby>結婚<rt>けっこん</rt></ruby>　　　　（名・自サ）　結婚。

29. ⓪ <ruby>確認<rt>かくにん</rt></ruby>　　　　（名・他サ）　確認，證實。

30. ⓪ <ruby>注文<rt>ちゅうもん</rt></ruby>　　　　（名・他サ）　訂購，訂貨。

文型

1. <u>動詞</u>　ています。（進行式、習慣、結果、狀態）

2. <u>動詞</u>　てください。

3. <u>動詞</u>　ましょうか。

◀例文▶

1. 林さんは出張報告書を書いています。

A：今、何をしていますか。

B：書類を読んでいます。

2. 林さんは貿易会社に勤めています。

A：あなたの会社は何を売っていますか。

B：電気製品を売っています。

3. 日本語がわかりませんから、教えてください。

A：すみませんが、ちょっと待ってください。

B：ええ、いいですよ。

4. A: 大変<ruby>大変<rt>たいへん</rt></ruby>ですね。<ruby>手伝<rt>てつだ</rt></ruby>いましょうか。

   B: ええ、<ruby>お願<rt>ねが</rt></ruby>いします。／いいえ、<ruby>結構<rt>けっこう</rt></ruby>です。

5. A: <ruby>今日<rt>きょう</rt></ruby>、<ruby>経済部<rt>けいざいぶ</rt></ruby>へ<ruby>行<rt>い</rt></ruby>きましょうか。

   B: ええ、<ruby>行<rt>い</rt></ruby>きましょう。

◀商務知識▶

日本市場的特徵

1. 完全型的經濟體系

2. 封閉性及排他性強

3. 重視品質、重視交貨期

4. 少量多樣的商品需求

5. 決策過程緩慢

6. 重視人際關係

7. 流通管道冗長、複雜

動詞的音便

　　五段動詞第二變化下接助動詞「た」、助詞「たら」「て」「ては」「ても」「てから」「たり」及「て＋動詞(いる、ある、あげる、くださる…等補助動詞)」時，第二變化語尾發音之改變，稱爲「音便」。種類如下:

1. イ音便: 第二變化語尾「き、ぎ」　→　い

　　　　　　※「ぎ」時，其後的接續要變成濁音

聞く　→　聞き＋た　→　聞いた

脱ぐ　→　脱ぎ＋た　→　脱いだ

2. 鼻音便: 第二變化語尾「に、び、み」　→　ん

　　　　　　※其後的接續一律變成濁音

死ぬ　→　死に＋た　→　死んだ

遊ぶ　→　遊び＋た　→　遊んだ

読む　→　読み＋た　→　読んだ

3. 促音便: 第二變化語尾「ち、い、り」　→　促音っ

待つ　→　待ち＋た　→　待った

歌う　→　歌い＋た　→　歌った

帰る　→　帰り＋た　→　帰った

4.例外：

「行<ruby>行<rt>い</rt></ruby>く」由形態上判斷，屬於イ音便；但其為例外的單字，須採取促音便

的變化方式，即

<ruby>行<rt>い</rt></ruby>く　→　<ruby>行<rt>い</rt></ruby>き＋た　→　<ruby>行<rt>い</rt></ruby>った(不變成「<ruby>行<rt>い</rt></ruby>いた」)

本文 1

荘　：北島さんはどんなお仕事ですか。

北島：貿易会社に勤めています。名刺をどうぞ。

荘　：ありがとうございます。ああ、会社は池袋ですね。

北島：ええ、今度遊びに来てください。

荘　：はい、近いうちにきっとお伺いします。

北島：その前に、イーメールかファックスで連絡してください。

　　　空港まで迎えに行きますから。

荘　：ありがとうございます。

本文 2

店員<ruby>てんいん</ruby>：いらっしゃいませ。

胡<ruby>こ</ruby>　：そのカメラを見<ruby>み</ruby>せてください。

店員<ruby>てんいん</ruby>：これですか。

胡<ruby>こ</ruby>　：はい、そうです。

店員<ruby>てんいん</ruby>：どうぞ。

胡<ruby>こ</ruby>　：これはいくらですか。

店員<ruby>てんいん</ruby>：三万円<ruby>さんまんえん</ruby>です。

胡<ruby>こ</ruby>　：石川<ruby>いしかわ</ruby>さん、どうですか。

石川<ruby>いしかわ</ruby>：安<ruby>やす</ruby>いです。

胡<ruby>こ</ruby>　：そうですか。

　　　それでは、これを下<ruby>くだ</ruby>さい。

店員<ruby>てんいん</ruby>：ありがとうございます。少々<ruby>しょうしょう</ruby>お待<ruby>ま</ruby>ちください。

胡<ruby>こ</ruby>　：すみませんが、領収書<ruby>りょうしゅうしょ</ruby>を書<ruby>か</ruby>いてください。

店員<ruby>てんいん</ruby>：はい、かしこまりました。

◀練習A▶

1.

> 〜　動詞　ています。

雨　　　　　　が　　降っています。

会社の人　　　と　　話しています。

食事　　　　　を　　しています。

台南　　　　　に　　住んでいます。

日本留学　　　に　　憧れています。

銀行　　　　　に　　勤めています。

2.

> 動詞　てください。

弾いてください。（弾く）

脱いでください。（脱ぐ）

遊んでください。（遊ぶ）

飲んでください。（飲む）

立ってください。（立つ）

笑ってください。（笑う）

帰ってください。（帰る）

行ってください。（行く）

見てください。（見る）

教えてください。（教える）

3.

　<u>動詞</u>　ましょうか。

相談しましょうか。

試しましょうか。

テストしましょうか。

◀練習B▶

1. 例: 林さんは 働 きます。

　　　⇒林さんは 働 いています。

(1) 課 長 は書類を読みます。

　　⇒ _____

(2) 陳さんは林さんと話します。

　　⇒ _____

(3) 係 長 は支社に電話をかけます。

　　⇒ _____

(4) 林さんはコーヒーを飲みます。

　　⇒ _____

(5) 社 員は工 場 を見学します。

　　⇒ _____

2. 例: (あなたは)どこに住んでいますか。(台南)

　　　⇒台南に住んでいます。

(1) どんなカメラを持っていますか。(小さい)

　　⇒ _____

(2) 山田さんの住 所を知っていますか。(いいえ)

　　⇒ _____

(3) 係 長 は結婚していますか。(はい)

　　⇒ _____

(4) 部長の電話番号を知っていますか。(はい)

⇒ _____

(5) 一人で住んでいますか。(いいえ)

⇒ _____

3. 例：ちょっと待ちます。

⇒ちょっと待ってください。

(1) 上司の話をよく聞きます。

⇒ _____

(2) 三時に事務所に来ます。

⇒ _____

(3) ここに住所を書きます。

⇒ _____

(4) タクシーを呼びます。

⇒ _____

(5) 車を貸します。

⇒ _____

4. 例：日本語がわかりません。教えます。

⇒日本語がわかりませんから、教えてください。

(1) 時間がありません。手伝います。

⇒ _____

(2) お金がありません。貸します。

⇒ _____

(3) 仕事がありません。休みます。

⇒ _____

(4) この漢字がわかりません。教えます。

⇒ _____

(5) あなたの日本語は速いです。ゆっくり話します。

⇒ _____

5. 例: 本社に電話しましょうか。

⇒ええ、お願いします。

(1) 医者を呼びましょうか。

⇒ _____

(2) ゆっくり言いましょうか。

⇒ _____

(3) もう一度日本側に確認しましょうか。

⇒ _____

(4) 明日、事務所に来ましょうか。

⇒ _____

(5) 領収書を書きましょうか。

⇒ _____

6. 例: これを買いましょうか。

　　　⇒ええ、買いましょう。

(1) そろそろ搭乗しましょうか。

　　　⇒ _____

(2) いま帰りましょうか。

　　　⇒ _____

(3) そろそろ行きましょうか。

　　　⇒ _____

(4) 食事をしましょうか。

　　　⇒ _____

(5) ビールを注文しましょうか。

　　　⇒ _____

第九課 仕事が終わってから、食事します

◀語彙▶

1. ① 渋谷 しぶや	（名）	日本人的姓氏。
2. ① ビジネス	（名）	business，商業，商務，買賣。
3. ⓪ 年齢 ねんれい	（名）	年齡。
4. ⓪ 居酒屋 いざかや	（名）	小酒館。
5. ⓪ 予定 よてい	（名）	預定(的事情)。
6. ③ 中正路 ちゅうせいろ	（名）	中正路。
7. 森の彫刻公園 もり ちょうこくこうえん	（名）	森林雕刻公園(日本箱根的著名觀光景點之一)。
8. ⑨ 自然科学博物館 しぜんかがくはくぶつかん	（名）	自然科學博物館。
9. ③ 芦ノ湖 あしこ	（名）	蘆之湖。
10. ⓪ 遊覧船 ゆうらんせん	（名）	遊覽船。
11. ⓪ 乗る の	（自五）	坐，乘。
12. ⓪ 泊まる と	（自五）	投宿，住宿。
13. ⓪ 元箱根 もとはこね	（名）	元箱根(地名)。
14. ⓪ 旅館 りょかん	（名）	旅館。
15. ② はじめて	（副）	第一次。
16. ③ 大浴場 だいよくじょう	（名）	大浴池。
17. ⓪ 畳 たたみ	（名）	榻榻米。
18. ⓪ 最高 さいこう	（名・形動）	頂，極。

19.	⑤ 中正空港 ちゅうせいくうこう	（名）	中正機場。
20.	④ 台北駅 たいほくえき	（名）	台北車站。
21.	② 降りる お	（自上）	下，降。
22.	①④ 二十一才 にじゅういっさい	（名）	二十一歲。
23.	① 紅葉 もみじ	（名）	紅葉。
24.	② 鮮やかだ あざ	（形動）	鮮艷。
25.	⓪ 快適だ かいてき	（形動）	舒適。
26.	① 国土 こくど	（名）	國土。
27.	⓪ 留学 りゅうがく	（名・自サ）	留學。
28.	① 映画 えいが	（名）	電影。
29.	⑤ 東京タワー とうきょう	（名）	東京鐵塔。
30.	④ 明治会社 めいじがいしゃ	（名）	明治公司。
31.	お風呂に入る ふろ　はい		洗澡。
32.	① ハンサム	（形動）	handsome，英俊。
33.	⓪ 独身 どくしん	（名）	單身。
34.	④ 開発部 かいはつぶ	（名）	開發部。
35.	① シャワー	（名）	shower，淋浴。
36.	電話を掛ける でんわ　か		打電話。
37.	⓪ 訪問 ほうもん	（名・他サ）	訪問。
38.	⑤ 交流協会 こうりゅうきょうかい	（名）	交流協會（日本駐台使館）。
39.	大学を出る だいがく　で		大學畢業。
40.	⑤ 証券会社 しょうけんがいしゃ	（名）	證券公司。

41. ⑨ 産業動向分析 （名） 産業動向分析。

42. 背が高い 個子高。

43. ⓪ 素敵 （形動） 極好。

44. ① 緑 （名） 緑色，翠緑。

◀商務知識▶

┌─ 日本市場行銷 ─────────────────────────┐

　進軍日本市場的「5P」策略、即有魅力的商品(product)、徹底的準備(preparation)、適當的價格(price)、足以信賴的夥伴(partner)、耐心(patience)。

└───────────────────────────────────────┘

文型

1. 動詞　て、_____。

2. 名詞／形容動詞　で、_____。

3. 形容詞　くて、_____。

4. 動詞　てから、_____。

◀例文▶

1. A: 昨日、高雄へ行って、何をしましたか。

   B: 渋谷さんに会って、ビジネスの交渉をしました。

2. A: 東京はどんな町ですか。

   B: 賑やかで、広い町です。

3. A: お名前と年齢を教えてください。

   B: わたしの名前は徐文明で、はたちです。

4. A: あのレストランはどうですか。

   B: 安くて、おいしいです。

5. A: 仕事が終わってから、何をしますか。

   B: 友達と居酒屋で食事します。

本文 1

許　：山口さん、仕事が終わってから、予定がありますか。

山口：いいえ。

許　：じゃ、一緒に食事しませんか。

山口：いいですね。どこで食事しますか。

許　：中正路にいいレストランがありますから、そこへ行きましょう。

　　　安くて、おいしいですよ。

山口：そうですか。じゃ、そこへ行きましょう。

本文 2

竹下：梁さん、箱根はどうでしたか。

梁 ：よかったです。森の彫刻公園を見て、自然科学博物館へ行って、芦ノ
湖で遊覧船に乗りました。

竹下：どこに泊まりましたか。

梁 ：元箱根の旅館に泊まりました。はじめて日本の大浴場に入って、畳で
寝ました。気持ちが良くて、最高でした。

◀練習A▶

1.

動詞　て、_____。

昨日デパート	へ	行って、	買い物	を	しました。
中正空港	に	着いて、	すぐ電話	を	しました。
台北駅	で	降りて、	バス	に	乗りました。
高雄	へ	行って、	友達	に	会いました。

2.

名詞／形容動詞　で、_____。

わたし	は	大学生で、	二十一才	
橋本さん	は	日本人で、	会社員	
紅葉	が	鮮やかで、	とても美しい	です。
花蓮	は	綺麗で、	有名	
新幹線	は	便利で、	快適	

3.

形容詞　くて、＿＿＿＿＿。

日本の国土	は	細くて、	長いです。
林さん	は	若くて、	頭がいいです。
これ	は	軽くて、	性能がいいです。

4.

動詞　てから、＿＿＿＿＿。

講義	が	終わってから、	すぐ行きます。
食事	を	してから、	仕事をします。
日本語	を	勉強してから、	留学に行きます。

◀練習B▶

1. 例：友達に会います。／映画を見ます。／いっしょに食事しました。

　　　⇒友達に会って、映画を見て、それからいっしょに食事しました。

　(1) わたしは東京へ行きます。／東京タワーを見ました。

　　　⇒＿＿＿＿＿＿＿＿＿＿＿＿＿＿＿＿＿＿＿＿＿＿＿

　(2) 喫茶店に入ります。／コーヒーを飲みます。／お客さんを待ちました。

　　　⇒＿＿＿＿＿＿＿＿＿＿＿＿＿＿＿＿＿＿＿＿＿＿＿

　(3) わたしは六時に起きます。／六時半に朝ご飯を食べます。／七時に会
　　　社へ行きます。

　　　⇒＿＿＿＿＿＿＿＿＿＿＿＿＿＿＿＿＿＿＿＿＿＿＿

　(4) 明日明治会社へ行きます。／石原部長に会います。／相談します。

　　　⇒＿＿＿＿＿＿＿＿＿＿＿＿＿＿＿＿＿＿＿＿＿＿＿

　(5) わたしは六時半ごろお風呂に入ります。／七時に晩ご飯を食べます。
　　　／八時ごろから十二時ごろまで勉強をします。

　　　⇒＿＿＿＿＿＿＿＿＿＿＿＿＿＿＿＿＿＿＿＿＿＿＿

2. 例：林さんは若いです。／きれいです。

　　　⇒林さんは若くて、きれいです。

　(1) 陳さんはハンサムです。／親切です。

　　　⇒＿＿＿＿＿＿＿＿＿＿＿＿＿＿＿＿＿＿＿＿＿＿＿

　(2) 事務室は広いです。／明るいです。

　　　⇒＿＿＿＿＿＿＿＿＿＿＿＿＿＿＿＿＿＿＿＿＿＿＿

(3) 課長は35才です。／独身です。

⇒ _____

(4) あの人はアメリカ人です。／開発部の社員です。

⇒ _____

(5) 社員食堂は安いです。／おいしいです。

⇒ _____

3. 例：仕事が終わります。／友達と食事します。

⇒仕事が終わってから、友達と食事します。

(1) 晩ご飯を食べます。／シャワーを浴びます。

⇒ _____

(2) 日曜日8時に食事をします。／出掛けました。

⇒ _____

(3) 家へ帰ります。／連絡をします。

⇒ _____

(4) 日本へ行きます。／日本語を勉強しました。

⇒ _____

(5) 電話を掛けます。／会社を訪問します。

⇒ _____

4. 例：仕事が終わります。（友達に会います、いっしょに食事します）

A：仕事が終わってから、何をしますか。

B：友達に会って、いっしょに食事します。

(1) 家へ帰ります。（仕事をします、寝ます）

　　A: _____

　　B: _____

(2) 食事が終わります。（テレビを見ます、シャワーを浴びます）

　　A: _____

　　B: _____

(3) 昨日台北へ行きます。（コンピューターの展示会を見学します、交流

　　協会へ行きます）

　　A: _____

　　B: _____

(4) 大学を出ます。（証券会社に入ります、産業動向分析の仕事をします）

　　A: _____

　　B: _____

(5) 南投に行きます。（友達に会います、いろいろなところを見ます）

　　A: _____

　　B: _____

5. 例: 林さんはどんな人ですか。（若いです、きれいです）

　　⇒若くて、きれいな人です。

(1) 台北はどんな町ですか。（車が多い、賑やかだ）

　　⇒ _____

(2) 社長はどの人ですか。（あの髪が白い、背が高い）

　　⇒ _____

(3) 陳さんはどんな人ですか。（ハンサムだ、すてきだ）

　　⇨ _____

(4) 王さんの故郷はどんなところですか。（静かだ、緑が多い）

　　⇨ _____

(5) 課長はどの人ですか。（あの目が大きい、ハンサムだ）

　　⇨ _____

6. 例：あのレストランはどうですか。（安い、おいしい）

　　⇨安くて、おいしいです。

(1) パーティーはどうでしたか。（賑やかだ、楽しい）

　　⇨ _____

(2) あなたの部屋はどうですか。（狭い、暗い）

　　⇨ _____

(3) 旅行はどうでしたか。（天気がいい、おもしろい）

　　⇨ _____

(4) ホテルはどうですか。（きれいだ、明るい）

　　⇨ _____

(5) 寮はどうですか。（部屋が多い、食堂がきれいだ）

　　⇨ _____

第十課 日本へ行ったことがあります

◀語彙▶

1. ② パパイヤ　　　　　（名）　　　　papaya，木瓜。

2. ① 喉 (のど)　　　　　（名）　　　　喉嚨。

3. ③ 美術館 (びじゅつかん)　　　　（名）　　　　美術館。

4. ⓪ 写真 (しゃしん)　　　　（名）　　　　相片。

5. ① 撮る (とる)　　　　　（他五）　　　攝影，拍照。

6. ⓪ 禁煙 (きんえん)　　　　（名・自サ）　禁止吸煙。

7. ⓪ 柳沢 (やなぎさわ)　　　　（名）　　　　日本人的姓氏。

8. ① 名画 (めいが)　　　　（名）　　　　名畫。

9. ③ 集める (あつめる)　　　　（他下）　　　收集。

10. ⓪ 撮影禁止 (さつえいきんし)　　（名）　　　　禁止攝影。

11. ① ほら　　　　　　　（感）　　　　瞧，喂(引起對方注意)。

12. ⓪ 矢崎 (やざき)　　　　（名）　　　　日本人的姓氏。

13. ② 実は (じつは)　　　　（接）　　　　其實。

14. ⓪ 遅れる (おくれる)　　　　（自下）　　　延誤，耽誤。

15. ② 延ばす (のばす)　　　　（他五）　　　延長。

16. ② 困る (こまる)　　　　（自五）　　　傷腦筋。

17. ③ 三交替 (さんこうたい)　　　（名・自サ）　三班制。

18. ⓪ 仕方 (しかた)　　　　（名）　　　　方法，辦法。

19. ① 注意 (ちゅうい)　　　　（名・自サ）　注意。

20. ⓪ 展示品 （名） 展示品。
21. ⓪ 触る （自五） 觸摸。
22. ② 騙す （他五） 欺騙。
23. 嘘をつく 說謊。
24. ⓪ 他人 （名） 其他人。
25. ① ふぐ （名） 河豚。
26. ⓪ 株 （名） 股票
27. 窓を開ける 開窗。
28. 電気を付ける 開燈。
29. ⓪ 使う （他五） 使用。
30. ① クーラー （名） coller，冷氣機。
31. ⓪ 遅刻 （名・自サ） 遲到。
32. ⓪ 止める （他下） 停。

文型

1. 動詞　たことがありますか。

2. 動詞　てもいいです。

3. 動詞　てはいけません。

◀例文▶

1. 日本へ行ったことがあります。

A：パパイヤを食べたことがありますか。

B：はい、あります。

2. A：このボールペンを借りてもいいですか。

B：ええ、いいですよ。

A：たばこを吸ってもいいですか。

B：すみません。のどが痛いですから。

A：この美術館で写真を撮ってもいいですか。

B：いいえ、いけません。

3. A：ここでたばこを吸ってもいいですか。

B：ここでたばこを吸ってはいけません。禁煙ですから。

本文 1

（ホテルで）

葉　：柳沢さんは奇美美術館へ行ったことがありますか。

柳沢：いいえ、行ったことがありません。

葉　：奇美美術館ではヨーロッパの名画をたくさん集めていますから、そこへ行って見物しましょうか。

柳沢：はい、ご案内お願いします。

（奇美美術館で）

葉　：ここは奇美美術館です。さあ、入りましょう。

柳沢：はい。

× × × × × × × × × × × × × × × × ×

柳沢：きれいな絵がたくさんありますね。

葉　：そうですね。

柳沢：ここで写真を撮ってもいいですか。

葉　：いいえ、ここで写真を撮ってはいけません。ここは撮影禁止ですから。ほら。

柳沢：あっ、本当ですね。撮影禁止です。

本文 2

徐　：矢崎部長、ちょっとお願いがありますが。

矢崎：なんですか。

徐　：実はご注文の品物の生産はやや遅れました。納期は三日間くらい延ば

してもいいですか。

矢崎：それは困りますね。

徐　：すみませんが、既に三交替やっていますから、これ以上早くすること

はできません。

矢崎：それでは、仕方がありません。三日間延ばします。

でも、しっかりやってくださいよ。品質によく注意してください。

徐　：はい、わかりました。ありがとうございました。

◀練習A▶

1.

動詞　たことがあります。

		大阪	へ	行ったことがあります。
わたし	は	日本語	を	勉強したことがあります。
		田中社長	に	会ったことがあります。

2.

動詞　てもいいです。

あした休んでもいいです。
日本語で話してもいいです。
鉛筆で書いてもいいです。
あさって来てもいいです。

3.

動詞　てはいけません。

展示品	に	触ってはいけません。
人	を	騙してはいけません。
嘘	を	ついてはいけません。
他人	に	見せてはいけません。

◀練習B▶

1. 例: あなたは台北_{たいほく}にいたことがありますか。

  ⇨はい、あります。

  ⇨いいえ、ありません。

(1) あなたは桜_{さくら}を見_みたことがありますか。（いいえ）

  ⇨＿＿＿＿＿＿＿＿＿＿＿＿＿＿＿＿＿＿＿＿＿＿＿

(2) 張_{ちょう}さんはふぐを食_たべたことがありますか。（はい）

  ⇨＿＿＿＿＿＿＿＿＿＿＿＿＿＿＿＿＿＿＿＿＿＿＿

(3) あなたは株_{かぶ}を買_かったことがありますか。（いいえ）

  ⇨＿＿＿＿＿＿＿＿＿＿＿＿＿＿＿＿＿＿＿＿＿＿＿

(4) あなたはディズニーランドへ行_いったことがありますか。（はい）

  ⇨＿＿＿＿＿＿＿＿＿＿＿＿＿＿＿＿＿＿＿＿＿＿＿

(5) 新幹線_{しんかんせん}に乗_のったことがありますか。（いいえ）

  ⇨＿＿＿＿＿＿＿＿＿＿＿＿＿＿＿＿＿＿＿＿＿＿＿

2. 例: このボールペンを借_かります。

  ⇨このボールペンを借_かりてもいいですか。

(1) 窓_{まど}を開_あけます。

  ⇨＿＿＿＿＿＿＿＿＿＿＿＿＿＿＿＿＿＿＿＿＿＿＿

(2) 電気_{でんき}を付_つけます。

  ⇨＿＿＿＿＿＿＿＿＿＿＿＿＿＿＿＿＿＿＿＿＿＿＿

(3) あなたの家へ行きます。

　　⇒ _____

(4) この電話を使います。

　　⇒ _____

(5) この部屋に入ります。

　　⇒ _____

3. 例：車を借ります。（はい）

　　　　⇒A：車を借りてもいいですか。

　　　　　B：はい、いいです。

(1) 病院でたばこを吸います。（いいえ）

　　A： _____

　　B： _____

(2) 辞書を見ます。（はい）

　　A： _____

　　B： _____

(3) 家へ帰ります。（はい）

　　A： _____

　　B： _____

(4) 教室でジュースを飲みます。（いいえ）

　　A： _____

　　B： _____

(5) 明日会社を休みます。(はい)

A: _____

B: _____

4. 例: ここでたばこを吸います。

⇒ここでたばこを吸ってはいけません。

(1) 鉛筆で書きます。

⇒ _____

(2) クーラーを付けます。

⇒ _____

(3) 遅刻します。

⇒ _____

(4) この書類を見ます。

⇒ _____

(5) ここに車を止めます。

⇒ _____

◀商務知識▶

送禮的禮節

①注意信封的寫法。

②要考慮受禮者的性別、年齡、地位、興趣，用心選擇。

③不要贈送與受禮者身份不符的高價贈品。

④注意探病時所送的花。

⑤送鞋子、內衣等給年長的人，是不禮貌的。

⑥預先了解對方需要的東西再贈送，可充分顯示細心與體貼。

⑦不必只在節日或年節時送禮，金額不大的話，也可以不定時贈禮。

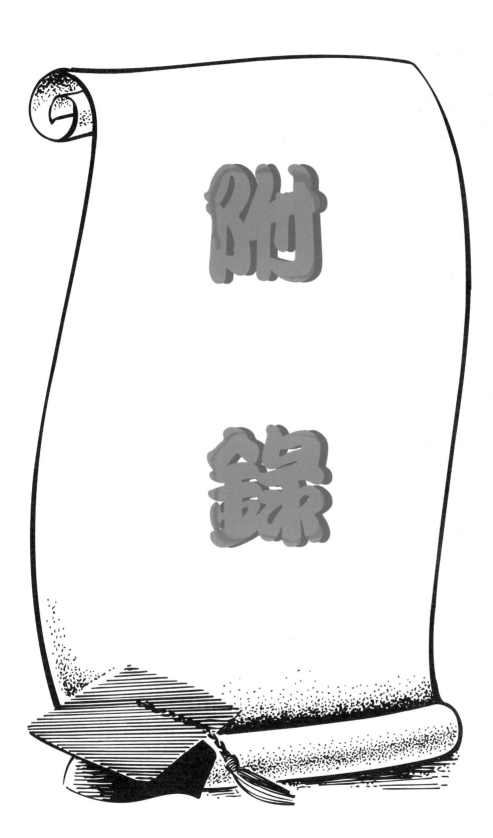

附錄

附　錄

㈠ 動詞活用形

ます形	辞書形	ない形	仮定形	意向形	て形	課
⑴ 五段動詞						
会います	あう	あわない	あえば	あおう	あって	2
遊びます	あそぶ	あそばない	あそべば	あそぼう	あそんで	8
行きます	いく	いかない	いけば	いこう	いって	1
伺います	うかがう	うかがわない	うかがえば	うかがおう	うかがって	8
歌います	うたう	うたわない	うたえば	うたおう	うたって	1
打ちます	うつ	うたない	うてば	うとう	うって	7
売ります	うる	うらない	うれば	うろう	うって	8
送ります	おくる	おくらない	おくれば	おくろう	おくって	3
終わります	おわる	おわらない	おわれば	おわろう	おわって	1
買います	かう	かわない	かえば	かおう	かって	3
帰ります	かえる	かえらない	かえれば	かえろう	かえって	1
書きます	かく	かかない	かけば	かこう	かいて	3
貸します	かす	かさない	かせば	かそう	かして	4
切ります	きる	きらない	きれば	きろう	きって	3
困ります	こまる	こまらない	こまれば		こまって	10
触ります	さわる	さわらない	さわれば	さわろう	さわって	10
知ります	しる	しらない	しれば	しろう	しって	8
吸います	すう	すわない	すえば	すおう	すって	3
住みます	すむ	すまない	すめば	すもう	すんで	8

ます形	辞書形	ない形	仮定型	意向形	て形	課
出します	だす	ださない	だせば	だそう	だして	4
立ちます	たつ	たたない	たてば	たとう	たって	8
騙します	だます	だまさない	だませば	だまそう	だまして	10
試します	ためす	ためさない	ためせば	ためそう	ためして	8
使かいます	つかう	つかわない	つかえば	つかおう	つかって	10
着きます	つく	つかない	つけば	つこう	ついて	1
手伝います	てつだう	てつだわない	てつだえば	てつだおう	てつだって	8
泊まります	とまる	とまらない	とまれば	とまろう	とまって	9
取り交わします	とりかわす	とりかわさない	とりかわせば	とりかわそう	とりかわして	3
取ります	とる	とらない	とれば	とろう	とって	3
撮ります	とる	とらない	とれば	とろう	とって	10
習います	ならう	ならわない	ならえば	ならおう	ならって	4
脱ぎます	ぬぐ	ぬがない	ぬげば	ぬごう	ぬいで	8
延ばします	のばす	のばさない	のばせば	のばそう	のばして	10
飲みます	のむ	のまない	のめば	のもう	のんで	3
乗ります	のる	のらない	のれば	のろう	のって	9
入ります	はいる	はいらない	はいれば	はいろう	はいって	9
始まります	はじまる	はじまらない	はじまれば	はじまろう	はじまって	1
働きます	はたらく	はたらかない	はたらけば	はたらこう	はたらいて	1
話します	はなす	はなさない	はなせば	はなそう	はなして	2
弾きます	ひく	ひかない	ひけば	ひこう	ひいて	8
降ります	ふる	ふらない	ふれば		ふって	8
待ちます	まつ	またない	まてば	まとう	まって	3
結びます	むすぶ	むすばない	むすべば	むすぼう	むすんで	3
持ちます	もつ	もたない	もてば	もとう	もって	8

ます形	辞書形	ない形	仮定形	意向形	て形	課
もらいます	もらう	もらわない	もらえば	もらおう	もらって	4
休みます	やすむ	やすまない	やすめば	やすもう	やすんで	1
呼びます	よぶ	よばない	よべば	よぼう	よんで	3
読みます	よむ	よまない	よめば	よもう	よんで	3
わかります	わかる	わからない	わかれば	わかろう	わかって	5
笑います	わらう	わらわない	わらえば	わらおう	わらって	8
(2)上一段動詞						
起きます	おきる	おきない	おきれば	おきよう	おきて	1
降ります	おりる	おりない	おりれば	おりよう	おりて	9
出来ます	できる	できない	できれば		できて	3
見ます	みる	みない	みれば	みよう	みて	3
(3)下一段動詞						
開けます	あける	あけない	あければ	あけよう	あけて	10
あげます	あげる	あげない	あげれば	あげよう	あげて	4
憧れます	あこがれる	あこがれない	あこがれれば	あこがれよう	あこがれて	8
集めます	あつめる	あつめない	あつめれば	あつめよう	あつめて	10
打合せます	うちあわせる	うちあわせない	うちあわせれば	うちあわせよう	うちあわせて	2
遅れます	おくれる	おくれない	おくれれば	おくれよう	おくれて	10
教えます	おしえる	おしえない	おしえれば	おしえよう	おしえて	4
かけます	かける	かけない	かければ	かけよう	かけて	3
借ります	かりる	かりない	かりれば	かりよう	かりて	4
食べます	たべる	たべない	たべれば	たべよう	たべて	4
付けます	つける	つけない	つければ	つけよう	つけて	10
勤めます	つとめる	つとめない	つとめれば	つとめよう	つとめて	8
出ます	でる	でない	でれば	でよう	でて	9

ます形	辞書形	ない形	仮定形	意向形	て形	課
止めます	とめる	とめない	とめれば	とめよう	とめて	10
寝ます	ねる	ねない	ねれば	ねよう	ねて	1
任せます	まかせる	まかせない	まかせれば	まかせよう	まかせて	5
見せます	みせる	みせない	みせれば	みせよう	みせて	8
迎えます	むかえる	むかえない	むかえれば	むかえよう	むかえて	7
(4)カ行変格動詞						
来ます	くる	こない	くれば	こよう	きて	1
(5)サ行変格動詞						
アルバイトします	アルバイトする	アルバイトしない	アルバイトすれば	アルバイトしよう	アルバイトして	1
運転します	うんてんする	うんてんしない	うんてんすれば	うんてんしよう	うんてんして	3
運動します	うんどうする	うんどうしない	うんどうすれば	うんどうしよう	うんどうして	1
買い物します	かいものする	かいものしない	かいものすれば	かいものしよう	かいものして	3
確認します	かくにんする	かくにんしない	かくにんすれば	かくにんしよう	かくにんして	8
禁煙します	きんえんする	きんえんしない	きんえんすれば	きんえんしよう	きんえんして	10
計算します	けいさんする	けいさんしない	けいさんすれば	けいさんしよう	けいさんして	3
結婚します	けっこんする	けっこんしない	けっこんすれば	けっこんしよう	けっこんして	8
見学します	けんがくする	けんがくしない	けんがくすれば	けんがくしよう	けんがくして	7
研修します	けんしゅうする	けんしゅうしない	けんしゅうすれば	けうしゅうしよう	けんしゅうして	7
検討します	けんとうする	けんとうしない	けんとうすれば	けんとうしよう	けんとうして	1
交渉します	こうしょうする	こうしょうしない	こうしょうすれば	こうしょうしよう	こうしょうして	7
作成します	さくせいする	さくせいしない	さくせいすれば	さくせいしよう	さくせいして	3
撮影します	さつえいする	さつえいしない	さつえいすれば	さつえいしよう	さつえいして	5
残業します	ざんぎょうする	ざんぎょうしない	ざんぎょうすれば	ざんぎょうしよう	ざんぎょうして	1
三交替します	さんこうたいする	さんこうたいしない	さんこうたいすれば	さんこうたいしよう	さんこうたいして	10

ます形	辞書形	ない形	仮定形	意向形	て形	課
視察する	しさつする	しさつしない	しさつすれば	しさつしよう	しさつして	7
しっかりします	しっかりする	しっかりしない	しっかりすれば	しっかりしよう	しっかりして	3
実習します	じっしゅうする	じっしゅうしない	じっしゅうすれば	じっしゅうしよう	じっしゅうして	7
授業します	じゅぎょうする	じゅぎょうしない	じゅぎょうすれば	じゅぎょうしよう	じゅぎょうして	1
食事します	しょくじする	しょくじしない	しょくじすれば	しょくじしよう	しょくじして	3
します	する	しない	すれば	しよう	して	3
掃除します	そうじする	そうじしない	そうじすれば	そうじしよう	そうじして	3
相談します	そうだんする	そうだんしない	そうだんすれば	そうだんしよう	そうだんして	2
卒業します	そつぎょうする	そつぎょうしない	そつぎょうすれば	そつぎょうしよう	そつぎょうして	1
遅刻します	ちこくする	ちこくしない	ちこくすれば	ちこくしよう	ちこくして	10
注意します	ちゅういする	ちゅういしない	ちゅういすれば	ちゅういしよう	ちゅういして	10
注文します	ちゅうもんする	ちゅうもんしない	ちゅうもんすれば	ちゅうもんしよう	ちゅうもんして	8
提出します	ていしゅつする	ていしゅつしない	ていしゅつすれば	ていしゅつしよう	ていしゅつして	3
テストします	テストする	テストしない	テストすれば	テストしよう	テストして	8
徹夜します	てつやする	てつやしない	てつやすれば	てつやしよう	てつやして	1
ドライブします	ドライブする	ドライブしない	ドライブすれば	ドライブしよう	ドライブして	7
勉強します	べんきょうする	べんきょうしない	べんきょうすれば	べんきょうしよう	べんきょうして	1
包装します	ほうそうする	ほうそうしない	ほうそうすれば	ほうそうしよう	ほうそうして	3
訪問します	ほうもんする	ほうもんしない	ほうもんすれば	ほうもんしよう	ほうもんして	9
郵送します	ゆうそうする	ゆうそうしない	ゆうそうすれば	ゆうそうしよう	ゆうそうして	3
予習します	よしゅうする	よしゅうしない	よしゅうすれば	よしゅうしよう	よしゅうして	1
予約します	よやくする	よやくしない	よやくすれば	よやくしよう	よやくして	1
留学します	りゅうがくする	りゅうがくしない	りゅうがくすれば	りゅうがくしよう	りゅうがくして	9
料理します	りょうりする	りょうりしない	りょうりすれば	りょうりしよう	りょうりして	5
連絡します	れんらくする	れんらくしない	れんらくすれば	れんらくしよう	れんらくして	2

□ 國名

アイスランド	Republic of Iceland (ISL)	冰島
アイルランド	Ireland (IRL)	愛爾蘭
アゼルバイジャン	Republic of Azerbaijan	亞塞拜然
アフガニスタン	Republic of Afghanistan (AFG)	阿富汗
アメリカ	United States of America (USA)	美國
アラブ首長国連邦	United Arab Emirates (UAE)	阿拉伯聯合大公國
アルジェリア	Democratic and People's Republic of Algeria (ALG)	阿爾及利亞
アルゼンチン	Argentine Republic (ARG)	阿根廷
アルバニア	Republic of Albania (ALB)	阿爾巴尼亞
アルメニア	Republic of Armenia	亞美尼亞
アンゴラ	Republic of Angola (ANG)	安哥拉
アンティグアバーブーダ	Antigua and Barbuda (ANT)	安地卡及巴布達
イエメン	Republic of Yemen (YAM)	葉門
イギリス	United Kingdom of Great Britain and Northem Ireland(Great Britain＝GBR)	英國
イスラエル	State of Israel (ISR)	以色列
イタリア	Republic of Italy (ITA)	義大利
イラク	Republic of Iraq (IRQ)	伊拉克
イラン	Islamic Republic of Iran (IRN)	伊朗
インド	India (IND)	印度
インドネシア	Republic of Indonesia (INA)	印尼
ウガンダ	Republic of Uganda (UGA)	烏干達
ウクライナ	Ukraine	烏克蘭
ウズベキスタン	Republic of Uzbekistan	烏茲別克
ウルグアイ	Oriental Republic of Uruguay (URU)	烏拉圭
エクアドル	Republic of Ecuador (ECU)	厄瓜多爾
エジプト	Arab Republic of Egypt (EGY)	埃及

エストニア	Republic of Estonia (EST)	愛沙尼亞
エチオピア	People's Democratic Republic of Ethiopia (ETH)	衣索匹亞
エルサルバドル	Republic of EL Salvador (ESA)	薩爾瓦多
オーストラリア	Australia (AUS)	澳大利亞
オーストリア	Republic of Austria (AUT)	奧地利
オマーン	Sultanate of Oman (OMA)	阿曼蘇丹國
オランダ	Kingdom of the Netherlands (HOL)	荷蘭
ガーナ	Republic of Ghana (GHA)	迦納
ガイアナ	Co-operative Republic of Guyana (GUY)	蓋亞納
カザフスタン	Republic of Kazakhstan	哈薩克
カタール	State of Qatar (QAT)	卡達
カナダ	Canada	加拿大
カボベルデ	Republic of Cape Verde	維德角
ガボン	Gabonese Republic (GAB)	加彭
カメルーン	Republic of Cameroon (CMR)	喀麥隆
韓国（大韓民国）	Republic of Korea (KOR)	韓國
カンボジア	Cambodia	高棉
ガンビア	Republic of The Gambia (GAM)	甘比亞
北朝鮮	Democratic People's Republic of Korea (PRK)	北韓
キリバス	Republic of Kiribati	吉里巴斯
キルギスタン	Republic of Kyrgyzstan	吉爾吉斯
キプロス	Republic of Cyprus (CYP)	塞普路斯
ギニア	Republic of Guinea (GUI)	幾內亞
ギニアビサウ	Republic of Guinea-Bissau	幾內亞比索
ギリシア	Hellenic Republic (GRE)	希臘
キューバ	Republic of Cuba (CUB)	古巴
クウェート	State of Kuwait (KUW)	科威特
クロアチア	Republic of Croatia (CRO)	克羅埃西亞

グアテマラ	Republic of Guatemala (GUA)	瓜地馬拉
グルジア	Republic of Georgia	喬治亞
グレナダ	Grenada (GRN)	格瑞納達
ケニア	Republic of Kenya (KEN)	肯亞
コートジボワール	Republic of Ivory Coast (CIV)	象牙海岸
コスタリカ	Republic of Costa Rica (CRC)	哥斯大黎加
コモロ	Federal Islamic Republic of the Comoros	葛摩伊斯蘭聯邦共和國
コロンビア	Republic of Colombia (COL)	哥倫比亞
コンゴ	Republic of Congo (CGO)	剛果
ザイール	Republic of Zaire (ZAI)	薩伊
サウジアラビア	Kingdom of Saudi Arabia (SAU)	沙烏地阿拉伯
サントメプリンスペ	Democratic Republic of Saotome and Principe	聖多美
サンマリノ	Republic of San Marino (SMR)	聖馬利諾
ザンビア	Republic of Zambia (Zam)	尚比亞
シエラレオネ	Republic of Sierra Leone (SLE)	獅子山共和國
ジャマイカ	Jamaica (JAM)	牙買加
シリア	Syrian Arab Republic (SYR)	叙利亞
シンガポール	Republic of Singapore (SIN)	新加坡
ジブチ	Republic of Djibouti (DJI)	吉布地
ジンバブェ	Republic of Zimbabwe (ZIM)	辛巴威
スイス	Swiss Confederation (SUI)	瑞士
スーダン	Republic of the Sudan (SUD)	蘇丹
スウェーデン	Kingdom of Sweden (SWE)	瑞典
スペイン	Spain (ESP)	西班牙
スリナム	Republic of Suriname (SUR)	蘇利南
スリランカ	Democratic Socialist Republic of Sri Lanka (SRI)	斯里蘭卡
スワジランド	Kingdom of Swaziland (SWZ)	史瓦濟蘭

セーシェル	Republic of Seychelles (SEY)	塞席爾
赤道ギニア	Republic of Equatorial Guinea (GEQ)	赤道幾內亞
セネガル	Republic of Senegal (SEN)	塞內加爾
セントクリストファーネビス	St. Christopher and Nevis	聖克里斯多福
セントビンセント　グレナディーン	St. Vincent and the Grenadines (VIN)	聖文森
セントルシア	Saint Lucia	聖露西亞
ソマリア	Somali Democratic Republic (SOM)	索馬利亞
ソロモン諸島	Solomon Islands (SOL)	索羅門群島
タイ	Kingdom of Thailand (THA)	泰國
台湾	Taiwan	台灣
タジキスタン	Republic of Tajikistan	塔吉克
タンザニア	United Republic of Tanzania (TAN)	坦尙尼亞
チェコ・スロバキア	Czech and Slovak Federal Republic	捷克
チャド	Republic of Chad (CHA)	查德
中央アフリカ	Central African Republic (CAF)	中非
中華民国	Republic of China (ROC)	中華民國
中国	People's Republic of China (CHN)	中國
チュニジア	Republic of Tunisia (TUN)	突尼西亞
チリ	Republic of Chili (CHI)	智利
ツバル	Tuvalu	吐瓦魯
デンマーク	Kingdom of Denmark (DEN)	丹麥
トーゴ	Republic of Togo (TOG)	多哥共和國
トルクメニスタン	Turkmenistan	土庫曼
ドイツ	Federal Republic of Germany	德國
ドミニカ共和国	Dominica Republic (DOM)	多明尼加共和國
トリニダードトバゴ	Republic of Trinidad and Tobago (TRI)	千里達共和國
トルコ	Republic of Turkey (TUR)	土耳其
トンガ	Kingdom of Tonga (TGA)	東加王國
ナイジェリア	Federal Republic of Nigeria (NGR)	奈及利亞

ナウル	Republic of Nauru	諾魯
ナミビア	Republic of Namibia (NAM)	那米比亞
ニカラグア	Republic of Nicaragua (NCA)	尼加拉瓜
西サモア	Western Samoa (SAM)	西薩摩亞
ニジェール	Republic of Niger (NIG)	尼日
日本	Japan (JPN)	日本
ニュージーランド	New Zealand (NZL)	紐西蘭
ネパール	Kingdom of Nepal (NEP)	尼波爾
ノルウェー	Kingdom of Norway (NOR)	挪威
ハイチ	Republic of Haiti (HAI)	海地
ハンガリー	Republic of Hungary (HUN)	匈牙利
バーレーン	State of Bahrain (BRN)	巴林
バチカン	Vatican City State	梵蒂岡
バヌアツ	Republic of Vanuatu (VAN)	萬那杜
バハマ	Commonwealth of the Bahamas (BAH)	巴哈馬
バルバドス	Barbados (BAR)	巴貝多
バングラデシュ	People's Republic of Bangladesh (BAN)	孟加拉
パキスタン	Islamic Republic of Pakistan (PAK)	巴基斯坦
パナマ	Republic of Panama (PAN)	巴拿馬
パプアニューギニア	Papua New Guinea (PNG)	巴布亞紐幾內亞
パラグアイ	Republic of Paraguay (PAR)	巴拉圭
フィジー	Republic of Fiji (FIJ)	斐濟
フィリピン	Republic of Philippines (PHI)	菲律賓
フィンランド	Republic of Finland (FIN)	芬蘭
フランス	French Republic (FRA)	法國
ブータン	Kingdom of Bhutan (BHU)	不丹
ブラジル	Federative Republic of Brazil (BRA)	巴西
ブルガリア	Republic of Bulgaria (BUL)	保加利亞
ブルキナファソ	Burkina Faso (BUR)	布吉那法索
ブルネイ	Negara Brunei Darussalam (BRU)	文萊

ブルンジ	Republic of Burundi	蒲隆地
ベトナム	Socialist Republic of Vietnam (VIE)	越南
ベニン	Republic of Benin (BEN)	貝南
ベネズエラ	Republic of Venezuela (VEN)	委內瑞拉
ベラルーシ	Republic of Belarus	白俄羅斯
ベリーズ	Belize (BIZ)	貝里斯
ベルギー	Kingdom of Belgium (BEL)	比利時
ペルー	Republic of Peru (PER)	秘魯
ボツワナ	Republic of Botswana (BOT)	波札那
ホンジュラス	Republiic of Honduras (HON)	宏都拉斯
ボリビア	Republic of Bolivia (BOL)	玻利維亞
ポーランド	Republic of Poland (POL)	波蘭
ボスニア・ 　ヘルツェゴビナ	Republic of Bosnia and Herzegovina 　(BSH)	波斯尼亞
ポルトガル	Portuguese Republic (POR)	葡萄牙
マーシャル諸島	Republic of the Marshall Islands	馬紹爾群島
マダガスカル	Democratic Republic of Madagascar 　(MAD)	馬達加斯加
マラウイ	Republic of Malawi (MAW)	馬拉威
マリ	Republic of Mali (MLI)	馬利共和國
マルタ	Republic of Malta (MLT)	馬爾他
マレーシア	Malaysia (MAS)	馬來西亞
ミクロネシア連邦	Federated States of Micronesia	密克羅尼西亞聯邦
南アフリカ	Republic of South Africa (RSA)	南非
ミャンマー(旧ビルマ)	The Union of Myanmar (MYA)	緬甸
メキシコ	United Mexican States (MEX)	墨西哥
モーリシャス	Republic of Mauiritius (MRI)	模里西斯
モーリタニア	Lslamic Republic of Mauritania (MTN)	茅利塔尼亞
モザンビーク	Republic of Mozambique (MOZ)	莫三比克
モナコ	Principality of Monaco (MON)	摩納哥

モルディブ	Republic of Maldives (MDV)	馬爾地夫
モルドバ	Republic of Moldva	摩爾多瓦
モロッコ	Kingdom of Morocco (MAR)	摩洛哥王國
モンゴル	Mongolia (MGL)	蒙古
ユーゴスラビア	Republic of Yugoslavia (YUG)	南斯拉夫
ヨルダン	Hashemite Kingdom of Jordan (JOR)	約旦
ラオス	Lao People's Democratic Republic (LAO)	寮國
ラトビア	Republic of Latvia (LAT)	拉脫維亞
リトアニア	Republic of Lithuania (LIT)	立陶宛
リヒテシュタイン	Principality of Liechtenstein (LIE)	列支敦斯登侯國
リビア	Socialist People's Libyan Arab Jamahiriya (LBA)	利比亞
リベリア	Republic of Liberia (LBR)	賴比瑞亞
ルーマニア	Romania (ROM)	羅馬尼亞
ルクセンブルク	Grand Duchy of Luxembourg (LUX)	盧森堡
ルワンダ	Republic of Rwanda (RWA)	盧安達
レソト	Kingdom of Lesotho (LES)	賴索托
レバノン	Republic of Lebanon (LIB)	黎巴嫩
ロシア	Russian Federation	俄羅斯

😑 旅館名稱

アジアパシフィック　ホテル	Asia Pacific Hotel	亞太大飯店(台北)
アポロホテル	Apollo Hotel	阿波羅飯店
阿里山ハウス	Alishan House	阿里山賓館
アンバサダー　ホテル	The Ambassador Hotel	國賓大飯店
インペリアル　インターカンティ　ネンタル　タイペー	Imperial Inter-Continental Taipei	台北華國洲際飯店
武陵ゲストハウス	Wulin Farm Guest House	武陵農場國民賓館
エバグリーンー　ローレル　ホテル	Evergreen Laurel Hotel	長榮桂冠酒店(台中)
エムプレス　ホテル	Empress Hotel	帝后大飯店(台北)
オーケーヒル　ホテル　コンティン	Ok Hill Hotel Kenting	墾丁歐克山莊大飯店
歐華ホテル	The Riviera Hotel	歐華酒店(台北)
高雄チャイナトラスト　ホテル	Kaohsiung Chinatrust Hotel	高雄中信大飯店
ガーラ　ホテル	Gala Hotel	慶泰大飯店(台北)
カレン　アスター　ホテル	Hualien Astar Hotel	花蓮亞士都飯店
花蓮チャイナトラスト　ホテル	Hualien Chinatrust Hotel	花蓮中信大飯店
ギアラント　ホテル	Gallant Hotel	嘉南大飯店(嘉義)
麒麟ホテル	Kilin Hotel	麒麟大飯店(台北)
キングダム　ホテル	Hotel Kingdom	華王大飯店(高雄)
グランド　ホテル	The Grand Hotel	圓山大飯店(台北)
グランド　ハイアット	Grand Hyatt Hotel	凱悅大飯店(台北)
グランド　ハイライト　ホテル	Grand Hi-Lai Hotel	漢來大飯店(高雄)
グランド　フォルモサ　タロコ	Grand Formosa Taroko	天祥晶華渡假酒店
グランド　フォルモサ　リージェント	Grand Formosa Regent	晶華酒店(台北)
グロリア　ホテル	Gloria Hotel	華泰大飯店(台北)
コスモス　ホテル	Cosmos Hotel	天成大飯店(台北)
コダック　ホテル　キイルン	Kodak Hotel	柯達大飯店(基隆)
ゴルデンスター　ホテル	Hotel Golden star	金星大飯店(台北)
ゴルデン　チャイナ　ホテル	Golden China Hotel	康華大飯店(台北)

コンテー リゾート	Kentington Resort	小墾丁綠野渡假村
サミット　ホテル	Summit Hotel	皇統大飯店(高雄)
サントス　ホテル	Santos Hotel	三德大飯店(台北)
杉林渓ホテル（サンリンシー）	Sun Link Sea Hotel	杉林溪大飯店
ザランデイス　タイチュウ　ホテル	The Landis Taichung Hotel	永豐棧麗緻酒店(台中)
ザ・リッツ　ホテル	The Ritz Landis Hotel	亞都麗緻大飯店(台北)
シー ザー パーク　ホテルコンティン	Caesar Park Hotel-Kenting	墾丁凱撒大飯店
渓頭ホテル（シートウ）	Chitou Hotel	溪頭餐廳旅社
知本ロイヤル　ホテル（シモト）	Chihpen Royal Hotel	知本老爺大酒店
シャー ウッドタイペイ	The Sherwood Hotel	西華飯店(台北)
新竹チャイナトラスト　ホテル（シンチク）	Hsinchu Chinatrust Hotel	新竹中信大飯店
新亜ホテル（シンヤー）	New Asia Hotel	新亞大飯店(台北)
清境ゲストハウス（セイキョウ）	Tsing Ching Public Hotel	清境農場國民賓館
赤崁ホテル（セッカン）	Redhill Hotel	赤崁大飯店(台南)
全国ホテル（ゼンコク）	National Hotel	全國大飯店(台中)
大渓リゾートホテル（ダイケイ）	Ta Shee Resort	鴻禧大溪別館(桃園)
タイペイ　フォーチュナ　ホテル	Taipei Fortuna Hotel	富都大飯店(台北)
中壢チャイナトラスト　ホテル（チュウレキ）	Chungli Chinatrust Hotel	中壢中信大飯店
天下ホテル（テンカ）	La Plaza Hotel	天下大飯店(台南)
桃園ホリディ　ホテル（トウエン）	Taoyuan Holiday Hotel	桃園假日飯店(桃園)
トッププラザ　ホテル	Top Plaza Hotel	尖美大飯店(高雄)
日月潭チャイナトラスト　ホテル（ニチゲツタン）	Sun Moon Lake China-trust Hotel	日月潭中信大飯店
パーク ビュー　ホテル	Parkview Hotel	花蓮美侖大飯店
パッキンハム　ホテル	Buckinghan Hotel	白金漢大飯店(高雄)
ハワードガーデンスィート　ホテル	Howard Garden Suites	福華長春店(台北)
ハワード　プラザ　ホテル	Howard Plaza Hotel	福華大飯店
パラダイズ　ホテル	Paradise Hotel	一樂園大飯店(台北)
ヒルトン　ホテル	Hilton International Hotel	希爾頓大飯店(台北)
フーバー　シアター　レストラン	Hoover Theatre Restaurant	豪華酒店(台北)

プラザ インターナショナル ホテル	Plaza International Hotel	通豪國際觀光大飯店
ファースト ホテル	First Hotel	第一大飯店(台北)
フラーワズ ホテル	Hotel Flowers	華華大飯店(台北)
ブラザー ホテル	Brother Hotel	兄弟大飯店(台北)
ホテル台南<ruby>台南<rt>タイナン</rt></ruby>	Hotel Tainan	台南大飯店
ホテル タイペイ ミラマー	Hotel Taipei Miramar	美麗華大飯店(台北)
ホテル台湾<ruby>台湾<rt>タイワン</rt></ruby>	Hotel Taiwan	台灣大飯店(彰化)
ホテル トウディ	Hotel Today	今日大飯店(桃園)
<ruby>豊辰<rt>ホンツン</rt></ruby>ホテル	Feng Shern Hotel	豐辰大酒店(豐原)
ホテル ホリデー ガーデン	Hotel Holiday Garden	華園大飯店(高雄)
ホテル リーバ キンモン	Hotel River Kinmen	浯江大飯店(金門)
ホテル リバビュー	Hotel Riverview	豪景大酒店(台北)
ホテル ロイヤル タイペイ	Hotel Royal Taipei	台北老爺大酒店
ホリデイイン クラウンプラザ	Rebar Holiday Inn Crown Plaza	力霸皇冠假日大飯店
マーシャル ホテル	Marshal Hotel	統帥大飯店(花蓮)
マグノリア ホテル	Magnolia Hotel	中泰賓館(台北)
ミーティ ホテル	Le Midi Hotel	米堤大飯店(南投)
メイジョ ホテル	Hotel Major	名人大飯店(高雄)
ユナイテッド ホテル	United Hotel	國聯大飯店(台北)
ライライ シェラトン ホテル	Lai Lai Sheraton Hotel	來來大飯店(台北)
<ruby>梨山<rt>リザン</rt></ruby>ゲストハウス	Lishan Guest House	梨山賓館
リンデン ホテル カォション	Linden Hotel	霖園大飯店(高雄)
<ruby>六福<rt>ロクフク</rt></ruby>ホテル	The Leo Foo Hotel	六福客棧(台北)